魔豆

魔豆

神使劇場
月的朦朧路
The Story of GOD's Agents
醉琉璃 著

神使劇場 月的朦朧路

目錄

楔子

曬得讓人皮膚隱隱發痛的熾熱陽光穿過枝葉間的空隙灑落下來，在一處洞窟外的沙地上映出破碎光斑。

很快地，那片光斑就被一只紅色布鞋遮蓋住。

鞋子的主人是個戴著草帽的年輕女孩，臉上還掛著一副大大墨鏡。由於天氣悶熱，她穿著細肩帶和小短褲，本就窈窕的曲線盡顯無疑。

「是這裡面嗎？」女孩抹抹額頭上滲出的汗滴，摘下遮陽用的大墨鏡，露出漂亮的杏眸，遲疑地看著眼前足有一人高的岩窟。

與外頭的陽光燦爛相比，洞穴裡看起來黑黝黝的，似乎連光也入侵不進去，有股難以言喻的陰森感。

女孩吞了下口水，開始猶豫是否該貿然進去。

她一個人跑來這裡，好像……有點太衝動了？

但思及之前在臉書社團裡看見的美麗照片，那點退縮立即又被高漲的好奇心壓下去。她深吸一口氣，從包包裡拿出新買的小型相機，打算把接下來見到的一切都拍下來。

紅色布鞋終於往洞窟裡踏進去。

女孩本以爲洞裡會伸手不見五指，但能見度比預期中還要高，她甚至不用拿出手機充當照明用的手電筒。

雖然從外面看，入口高度只有一個人高，假如讓高個子的人過來，還得要低著頭才能順利走進；但越往裡邊走，空間也就變得越大。

這是一個相當深且廣的天然岩穴，穴內溫度比外頭低上許多，涼冷的空氣讓人恍如置身秋季。

只穿著細肩帶和小短褲的女孩打了個哆嗦，她可沒想到這裡和外面的溫差那麼大，害得她手臂上的雞皮疙瘩都立起來排排站了。

「早知道該多穿一件小外套了……」女孩嘀咕著，腳下速度加快，手上仍是努力保持平穩，不讓拍攝的影片太過晃動。

越往深處走，空氣裡漸漸多了一股水腥味。

女孩狐疑地停下步伐，側耳傾聽。她聽說有的洞穴裡會有地下河流經過，但她一停下來，沒了她被放大的腳步聲，這地方頓時變得異常安靜。

困惑了一陣後，她便把這不重要的問題遠遠拋到腦後，一心只想趕緊走到盡頭。

社團管理員貼的那些照片，就是在洞穴最深處拍到的。

原本應該是他們社團的幾名網友一起結伴前來，但她實在按捺不住，忍不住先偷跑了。

果然就如她所想，這種私密景點即使是假日也沒有人。也就是說，她晚點要怎麼拍攝，都不會有人妨礙她。

女孩揚起嘴角，她已經想好接下來的計畫了。先錄好影片，再來拍自己的個人照，反正沒其他人在場，就算她在洞內大開閃光燈也無所謂。

最重要的，就是影片和照片都得拍得美美才行！

大約走了十來分鐘，洞窟終於到底了，空間霍地展開，高度也一口氣增高許多。

只要在洞裡喊一聲，就會形成響亮的回音。

而在高聳的岩壁上，有幾條裂縫攀附其上，將外界的陽光引入裡中，淡金色的光源灑下，替本該幽深的洞內添上一抹如夢似幻。

尤其那一道道的金光還剛好落在洞窟底部的一窪水潭上，像被染上了一層薄薄金粉。

水潭面積佔了地面大約一半，潭面平靜，毫無漣漪，岸邊矗立著一塊半人高的石頭。

石頭周圍纏繞著一條粗白繩，繩上每隔一段距離就打著一個繩結，並掛著造型如同箭頭的小木牌。

每塊小木牌上全都寫著歪歪曲曲的字。

這是一幅清幽又透著奇異的場景，但和女孩想像中的完全不一樣。

「怎麼會這樣啊！」女孩不敢置信地大叫一聲，臉上是露骨的失望，她見到的畫面和她預期的美景根本差了十萬八千里。

想到社團照片的絢麗與不可思議，她心裡的鬱氣頓時湧冒上來，連自拍的欲望都沒有了。她惱怒地跺跺腳，想到自己花了大把時間，途中還不斷轉車，才終於到達這裡，結果看到的和管理員貼的照片完全不一樣。

她忽然開始懷疑，那幾張照片該不會是騙人的吧，說不定是合成出來的。

但是，目的是什麼？

總不會就是故意讓社團裡的人白跑一趟吧？

女孩想了半天也得不出一個答案，憤而拿出手機，想去社團裡大罵管理員是個騙子，卻沒想到手機在洞裡居然連不上網路。

別說去留言罵人了，連打開臉書程式都有困難。

「可惡，真是白浪費時間了……」女孩鬱悶地說，舉著相機意興闌珊地在洞裡繞了一圈，最後來到水潭邊。

潭水顏色是深邃的幽碧色，水面上撒著斑斑的日光碎影，猶如一顆遺落在洞裡的夢幻綠寶石。

沁涼的碧潭似乎讓女孩生起的火氣降下了些，她手持相機往前走近。深怕布鞋踩濕，她在邊緣停住，身子往前探，直到能看見自己的大半倒影。

水潭看起來很深，窺不見底，也看不出裡頭是否有其他生物。

女孩對水裡的自己扮了個鬼臉後，便打算離開，這裡已經沒有什麼吸引她的了。

可就在她轉過身的剎那，後方倏然傳出了沸騰般的咕嚕聲，而且越來越大，聲音大得讓人無法忽視，在空曠的洞內形成巨大的迴響。

女孩嚇了一跳，反射性回過頭，腳踝上猛地傳來一陣駭人冰涼，就好像突然間有冰塊貼上她的皮膚。

驚恐的喊聲還卡在喉嚨裡，連冒出的機會也沒有，岸上的窈窕人影就像被一股看不見的力量凶猛地一把拽入了水潭裡。

還在拍攝的相機慌亂中被甩了出去，砸落在一處角落。

鏡頭裡的畫面先是一陣混亂，最後定格在水潭邊的大石上。

似乎從裂縫外吹進了一陣風，水面掀起漣漪，垂繫在白繩上的木牌晃動，撞擊出小小聲響。

小小的木牌上寫著兩個字。

珠里。

第一章

如果時間能夠倒退，那麼一刻一定會選擇不要打開神使宿舍的大門。

然後二話不說地掉頭就走。

這樣就不用和柯維安面對面碰個正著了。

不是說一刻有多嫌棄這位前室友……好吧，有時候還是挺嫌棄的。但是每當柯維安露出大大笑容，說出「約嗎」這一句話，通常都不會有什麼好事。

但柯維安似乎一眼看穿了一刻的心思，他用最快速度撲上來，緊緊抱住一刻的手臂不放，活像是無尾熊般死死攀住了尤加利樹。

於是十五分鐘後，甩不掉無尾熊的一刻只能被迫坐在街角的一間速食店裡。

「有話快說，有屁快放。」一刻大力抽回自己的手，目光如刀，凶悍地戳向了坐在對邊的柯維安，「還有非得在外面說不可嗎？老子明明都回到屋子裡了。」

「這裡氣氛好嘛。」柯維安笑嘻嘻地說。

一刻還真看不出這鬧哄哄、幾乎坐滿客人，還到處有小鬼頭尖叫著跑來跑去的速食店裡，有哪一點稱得上氣氛好。

柯維安舀了一匙剛點的咖啡聖代，「小白，要來一口嗎？啊——」

「啊你老木。」一刻冷著臉，「老子要草莓甜甜圈口味的。」

「收到！小白你等我一下，馬上回來。」聽出一刻這是變相地答應會聽他說完話，柯維安眼睛一亮，以最快速度帶回一份草莓甜甜圈聖代，還是特大杯尺寸的。

外貌凶惡、氣勢嚇人的白髮男孩面前一擺上充滿少女心的粉紅色甜點，登時引來了旁邊人的側目。

一刻視而不見，挖起一大匙就放入嘴裡，酸甜冰涼的滋味滑過喉嚨，也安撫了他本來不耐的心情。

「有話快說，有屁快放。」一刻又對柯維安重複一次，不過這回語氣緩和許多，好歹聽起來不像是「你想死嗎」。

「首先，要把你拉出來外面是有原因的。」柯維安豎起一根手指，爲自己的行爲辯白，「師父在裡面睡午覺，太大聲會吵醒她。相信我，甜心，你不會想知道她被吵醒後會做出什麼事。」

「會做什麼事？把房間門踹破，再把人丟到屋外的大坑裡嗎？」一刻隨口一說。

「哇，小白……你簡直是未卜先知啊。」柯維安乾笑幾聲。

一刻挖冰的動作一頓，抬起頭，「……你被丟過了？」

「再吵到師父一次，我就會達成這個成就了。」柯維安沉痛地說，「小白，人家那麼可憐柔弱又無助，你一定不忍心見到這種悲劇發生在我身上吧。」

「別往自己身上打不實廣告好嗎？」一刻大翻白眼，「可憐柔弱無助？你好意思說，我還不敢聽咧。給你三秒鐘，說出你的重點。」

「重點就是——」柯維安像加強氣勢地揮舞著小湯匙，「我們來辦個男子聚會吧，就在明天端午連假！」

「嗄？那三小？」一刻只覺有聽沒有懂。

「就是男孩子們的聚會啊。」柯維安的小湯匙指指一刻，再指指自己，「小白、我，再找其他人，一起辦個活動，出門去玩，就只有我們男生而已，不覺得聽起來很不錯嗎？」

「完全不覺得。」一刻不客氣地大潑冷水，「是誰之前才在說十四歲以上的男性全是過了保鮮期？」

「我相信一定不是我。」柯維安舉起三根手指發誓。

一刻哼了聲，沒再揪著這話題不放。反正要比厚臉皮，一般人是比不過這小子的。

「所以，爲什麼會突然想辦那什麼聚會？」一刻敲敲桌面。

「因爲小可她們都有辦女子聚會啊，我們男生輸人不輸陣，當然也要來辦一個才行！」柯維安慷慨激昂地說，「小白你說對不對？」

「喔。」一刻冷漠地給了一個單音。

柯維安絲毫沒受到打擊，反而再接再厲。只要一刻沒直接否定，那麼就代表有希望。

「拜託啦、拜託啦、拜託啦，甜心、哈尼、親愛的……」柯維安擺出他最擅長的狗狗眼神攻擊，「連假我們一起出去玩嘛，多一點人，肯定會很有趣的。你以前也沒參加過類似的活動吧，神使任務不算。」

一刻想了想，似乎還眞的沒有。

「小白、小白、小白白白白——」柯維安像跳針的唱片機，不斷喊著一刻的名字。

一刻被吵得煩了，乾脆將聖代上的甜甜圈拿起來，塞進那張喋喋不休的嘴巴裡。

世界再次安靜了。

柯維安努力地咀嚼著險些把自己噎死的甜甜圈，一邊繼續用狗狗眼神發動攻擊。

面對那雙無辜又水汪汪的大眼睛，饒是看過各種可愛事物的一刻還是在這瞬間敗退了。

「行了，你先閉嘴別說話。」一刻嚴肅地說。

忙著吃甜甜圈，還沒來得及再說話的柯維安，當然不會糾正一刻的語誤。

一刻抹把臉，把剩下的聖代全吃完後，才重重地吐出一口氣，「所以，你還要找誰？」

柯維安也趕緊把最後一口甜甜圈吞下，「第一個當然是小白你，再來蔚商白、蘇冉……我是指男的那一個。」

「廢話，你剛不都說男子聚會了。這樣只有四個人。」

「勉勉強強……再算上前室友C吧。」柯維安一副勉爲其難的口氣，「五個人，應該挺夠了。」

「那你負責聯絡曲九江，另外兩個我負責。」一刻分配任務。明天就是端午連假，想要約人出去，最好趁早。

「什麼⁉」柯維安當下花容失色，「不要啊！甜心，我們交換一下嘛。曲九江是你的神使，身爲飼主，你要對他負起責任才行的！」

「負你個鬼責任啊！」一刻罵罵咧咧，「我哪時候有養過他了？說到飼主，你不是有負責一隻？你不找他？」

一刻指的是目前也在唸大學的黑令。

雖然都在繁星市就讀，但黑令考上的是別間大學，平常要看到他也不容易。不過只要是期中考或期末考，他都會過來繁大一趟，送上歐趴糖給柯維安。

順便再雷打不動地繼續送上代表他們友誼的——菊花。

蔚可可向一刻八卦過，她在繁大論壇上看見有人發了一則帖子，叫「震驚！那名專送菊花的灰髮大帥哥到底是對誰懷有深仇大恨」。

除了熟知內情的一刻等人，至今都沒人相信黑令送花是出於友情。

總是被迫收下菊花的柯維安瘋狂地擺著手，從頭到腳都寫著「拒絕」兩字，「不不不，別找他，黑令OUT！」

「為毛？」一刻被勾起興趣。他可是清楚得很，即使柯維安老是表現出對黑令的嫌棄，但這兩人的確是好朋友。

尤其對黑令來說，柯維安恐怕還是他唯一承認的好朋友了。像他們這幾個，頂多是被劃分到認識的、有交情的人的分類裡。

「小白，你不懂嗎？」柯維安垮著肩膀，「假如黑令也過來，誰要負責盯著他？誰要幫忙為他翻譯？還有……」

一刻迅速抬起手，表示他已經夠明白了，用不著再多說。

他確實忘記考量到這一點，黑令總被柯維安抱怨說是倉鼠星的巨大王子不是沒理由的。

黑令的思考迴路及腦電波壓根是異於常人。

用直白的話來講，就是他和一般人的頻道幾乎對不起來。

大概就像地球人對上外星人那種程度吧。

「我不想去玩還要兼當保母……」柯維安哀怨地說，「更不想再從他手中收到什麼意外驚喜。」

柯維安至今忘不了，黑令有一次為了要幫他慶祝生日，用過多的蠟燭把蛋糕插得像個詛咒道具不說，還把他最喜歡的動畫角色印成黑白照放進相框裡。

與其說是慶生，現場看起來分明活像葬禮。

但偏偏，黑令是很認眞地在表達他的祝福。

柯維安能怎麼辦？只能含淚收下這份禮物。

一刻也想到那些過往，他語帶同情，「端午節後又是期末考了吧？」

「嗚呃呃呃！」柯維安摀著心臟，臉色發青，「又要到收菊花的季節了嗎？我討厭菊花，他幹嘛不送我玫瑰……算了，當我沒講。」

柯維安覺得自己同樣也不想收到來自男人送的玫瑰花。他頹喪地趴在桌面上，只希望這次的菊花數量不要太誇張。

一刻搖搖頭，目光轉回手機上。在柯維安陷入被菊花支配的恐慌中，他已經把聯絡工作做完了。

發給蔚商白、蘇冉和曲九江的訊息都傳來了回覆。

一刻眉頭擰起又鬆開，他屈指在柯維安旁邊敲打幾下，「柯維安，跟你說一個壞消息，你夢想中的男子聚會，只能變成前101寢聚會了。」

「什麼？」柯維安猛地彈起身子，「什麼叫101寢聚會？101不就是我們大一的寢室號碼嗎？該不會、該不會……」

「蔚商白系上有事，蘇冉家裡有事，總之就是他們連假都有事，沒辦法參加你想舉辦的那個活動。再換句話說……」一刻把手機放回桌面，宣布了對柯維安而言的噩耗。

「只有曲九江有空。」

如果說不久前柯維安的心情還是晴空萬里，那麼這一刻他的心情就是雷電交加、狂風暴雨。

對一刻來說，前101寢的聚會也不是不可以，反正他們三人除了任務之外，似乎還眞的不曾單純地一塊出門玩。

但對柯維安來說，就大大地不同了。

不管曲九江這回爲何會答應參加活動，他可是將傲慢、難搞、毒舌集一身的人。柯維安都能想像得出來，凡是旅程中有什麼讓他不順心的，他的炮口只會對準自己。

柯維安幾乎可以看見自個頭上貼了大大的三個字——好、欺、壓。

柯維安決定不要坐以待斃。

有一句話是這麼說的，敵人的敵人就是朋友！

所以他只要再去找幾個曲九江看不順眼，但他又很熟的人來加入活動不就好了？

正好公會裡就有這兩號人物，胡十炎和安萬里。

求生欲讓柯維安果斷地推翻了自己曾跟蔚可可說「要誰都不要胡十炎和安萬里」的話，他拎著背包，匆匆地趕往了神使公會，直奔胡十炎的辦公室。

比起安萬里，他寧可選擇胡十炎當救兵。

「老大、老大！」將半掩的門一把推開，氣喘吁吁的柯維安發現裡頭居然沒有人。

「維安，你要找老大嗎？」冷不丁地，一道稚氣聲音從柯維安後方落下。

柯維安反射性轉過頭，沒看見人，他連忙再仰起頭，一顆小心臟險些躍到喉嚨。

一團烏漆墨黑的影子如同蜘蛛般吊掛在天花板上。

黑影迅速剝落，一名桃色頭髮的小女孩跳了下來，紫水晶般的大眼睛好奇地看著柯維安。

「里梨……」柯維安拍拍胸口，「差點被妳嚇死。」

「里梨我這麼可愛耶，只有做虧心事的人才會嚇到。」胡里梨伸出食指，想用力地戳上柯維安的胸口，「維安一定是做虧心事……里梨我知道了，你又跑去偷看小朋友，然後被警察追著跑了對不對？」

「不對，才沒那種事呢！」柯維安連忙退了一大步，深怕胡里梨的隨意一戳，會把他戳飛出去，「里梨妳怎麼能這麼看我？我是那麼正直、善良、誠懇！」

「老大告訴過我，維安你這樣叫廣告不實啦。」胡里梨老氣橫秋地搖搖頭，「欺騙觀眾是不好的，大家的眼睛都是雪亮的。」

柯維安爲自己喊冤，「哪有？我明明就是據實以告！里梨，妳知道老大在哪裡嗎？我有重要的事要找他。」

「老大在第貳會議室打電動。」胡里梨說。

「謝啦，下次再替妳帶堯天的海報。」柯維安邁步往另一方向跑，只是腳步剛踏出，底下的地板就成了一個黑黝黝的洞口。

柯維安大驚，只來得及扭頭驚恐地看向胡里梨。

胡里梨雙手扠腰，表情得意，「里梨牌快遞，出發！」

「什——不要啊！」柯維安的慘叫被黑洞一塊吞進去，等到叫聲停歇，他同時也到達目的地，眼前伸手不見五指的黑暗驟然散去，迎來大片光亮。

也迎來了屁股上的一陣疼痛。

柯維安狼狽地跌坐在冷冰冰的地面上，感覺自己的屁股都要兩瓣變成四瓣了。

「天啊，有夠痛……」柯維安虛弱地呻吟，眼睛眨動幾下，才總算讓黑暗殘影消失，視野內恢復清明。

第一眼看見的就是大剌剌盤腿坐在桌上，將會議室當遊戲室使用的黑髮小男孩，第二眼則是不知道誰擺在桌上的粉紅色芭比娃娃屋。

也許是胡里梨或是戊己忘記拿走的吧？柯維安反射性猜想。

胡十炎背對著柯維安，前方是播映著遊戲畫面的巨型螢幕，魔法少女打扮的角色正使出一連串必殺技，凶殘地將敵人打趴在地；背景則是套用了實際景點，像現在這場戰鬥就位於岩蘿，角色身後是白煙裊裊的溫泉鄉。

「有什麼事？」胡十炎頭也不回，手指按得飛快，讓操縱的角色使出華麗技能，聲光效果在會議室內迴響著，「你終於要被警察逮捕，跑回公會來求庇護了嗎？」

「老大，我在你心裡難道是那種人嗎？」柯維安跳腳地抗議，一時也忘記了屁股上傳來的疼痛。

「是。」胡十炎沒有任何猶豫。

「老大你怎能如此傷我的心？」柯維安擦擦沒一滴淚的眼角，「虧我還在替你集點……」

「喔？」胡十炎按下暫停，轉過頭來，稚嫩的臉蛋上卻有著一雙深沉銳利的金黃眼睛。

「魔法少女夢夢露最近不是跟超商合作嗎？我可是有在收集點數的。」柯維安挺起胸膛，「打算集滿就拿給你的呢。」

「很好，下次送你一張夢夢露的ＣＤ。」胡十炎狐心大悅，「所以是哪間派出所的警察要抓你？大爺我替你解決。」

「眞的沒有警察要抓我啦！」柯維安苦著一張娃娃臉，「老大，咱們跳過這話題行不行？我來是有其他事要找你的。」

「什麼事？」

「我和小白要辦個男子聚會，就是男生們趁端午連假一起出去玩個幾天。老大，你要不要也來玩啊？」

胡十炎沒立刻回答，只是瞇細一雙金眸，那目光像能將柯維安的內心剖析個徹徹底底。柯維安被看得頭皮發麻，彷彿自己是被大蛇盯上的可憐青蛙。

「真稀奇啊，維安。」胡十炎似笑非笑地勾起嘴角，「你居然會找到本大爺這裡來？」

「那是因爲我敬老愛幼啊，老大。」柯維安臉不紅、氣不喘地說，「頭一個想到的就是老大你了。」

「真心話呢？」

「真心話是我們男子聚會居然只招到三個人，根本變成了前101寢三室友聚會，曲九江那個小心眼的鐵定會趁機對我這樣那樣……啊！老大你怎麼可以引誘我!?」

「嘖嘖，自己意志力不堅還好意思怪本大爺嗎？」胡十炎轉過身去，重新拿起遊戲機手把，進入下一場戰鬥，「男子聚會聽起來還滿有趣，但不去。」

「咦？」柯維安備受打擊地拉長尾音，「老大爲什麼？你都說有趣了……」

「因爲我有更重要的行程。」胡十炎冷酷地說，「小朋友的活動自然閃邊去。大人很忙，沒空陪你們。」

「究竟是什麼重要的活動？」柯維安不死心，想要再遊說胡十炎。倘若能讓胡十炎一併跟去，他們說不定還能報公帳呢。

「夢夢露快閃簽書會。」一道男聲突如其來地從會議室內冒出。

柯維安被嚇得跳起，慌張地左右張望，想找出那個名字有時要唸成「大魔王」的男人。安萬里。

「狐……副會長，你什麼時候在的？」柯維安及時改口，眼珠子滴溜轉，努力尋找著那抹迷你人影。

下一秒，柯維安就震驚地發現到，安萬里的身影竟然是從……那棟他以為是胡里梨或戊己所有的芭比娃娃屋內走出來。

「這是里梨送我的小別墅，還滿好用的呢。」安萬里微笑說道。

經過一年半的時間，安萬里的力量和體型尚未完全恢復，只有在得外出時，才會使用開發部為他研發的擬殼——也就是將意識轉移到臨時用身體上，一具擬殼通常能撐個五、六天才消失。

「我還以為你突然轉性了，喜好變得少女……」柯維安小聲嘀咕，看到安萬里露面，他的記憶同時也被勾動，驀然想起自己正好有東西要拿給對方，「副會長，你的書。」

柯維安將包包放在桌上，從裡面摸出一本前幾天向安萬里借的推理小說。

「先放旁邊吧。」安萬里說，他現今的大小只怕會先被書給壓倒。

「好喔。」柯維安將書隨意一放，可手指要抽離時又忽地頓住。

「怎麼了？」安萬里問道。

「我好像……忘記什麼事？」柯維安納悶地說，「總覺得和副會長你有關，但一時又想不起來……」

「想不起來就表示不重要。」胡十炎拋來不負責任的發言。

「但我總覺得這好像攸關我的人身安全……」柯維安皺起一張臉，可不管再怎麼絞盡腦汁，腦海中依然呈現空白，他只好放棄思考，改把重點放回安萬里方才說過的話，「副會長，你剛說老大他……」

「十炎要參加夢夢露快閃簽書會，所以才沒時間跟你們去玩。」安萬里推推眼鏡，即便身形變得袖珍，也沒有改變他一身斯文俊雅的氣質，「不過我就不一樣了。」

「呃……哪裡不一樣？」

「我，有時間，能加入你們的男子聚會。」

柯維安的大腦這片刻像被人按了暫停鍵，他瞪大眼，無法思考，那些鑽進他耳朵的話語就好比是抽象的圖紋，拼湊不出正確含意。

「不好意思，請再說一次？」柯維安心想自己一定是產生幻聽。

「我有時間，能加入你們的活動，和你們一起享受男人間的時光。」安萬里溫和地把話再重複一遍，順道貼心地補足之前未盡的語意。

「爲什麼被你一說就變得好邪惡……不對，狐狸眼的你想參加？」柯維安被驚得連私下對對方的稱呼都跑出來了，他艱困地指指安萬里，再指指自己，「你眞的想參加……」

「不邀請學長嗎？這樣不是乖學弟的行爲喔。」安萬里走到桌邊，和柯維安的距離大幅縮短。

柯維安像是本能感應到危機的小動物，反射性向後跳了一大步。

「不是吧？你不是開玩笑？」柯維安難掩震色，「你確定？」

「確定，肯定，還有一定。」安萬里摘下眼鏡，慢條斯理地用襯衫一角擦拭鏡片，抬起的眼珠剎那間似乎染成碧綠，又迅速轉回墨黑。

「你就讓這老妖怪參加吧。」胡十炎頭也不回地說，「這傢伙空虛寂寞冷，希望學弟們多陪他這個大齡學長，否則他就會覺得自己被你們這群小崽子排擠了。你們還沒決定好要去哪裡吧？」

「還沒，想說先把人找好。」

「那本大爺直接幫你們決定，就去——珠里鎮吧。」

「咦咦？爲什麼？那是哪裡啊？」

「我哪知道？」胡十炎不負責任地說，「至於爲什麼要去？就把這歸於命運吧。」

柯維安看著大螢幕上，戰鬥背景正寫著大大的「珠里」兩字。

……好喔，原來是靠遊戲決定的命運啊。

「對了，記得回來寫報告給我。」

「寫報告？爲什麼要寫？」

「作爲日後我帶我女兒去玩的參考啊，有寫的話，就讓你們這趟報公帳。」

「就算要我寫成萬字小說也沒問題的！」柯維安頓時激動萬分，這簡直是天上掉下來的免費餡餅。

「維安，不要忘記你還沒回答我呢。」安萬里提醒，「放心，我會用擬殼的，不會讓你們帶著一個粉色娃娃屋出門。」

柯維安張大的嘴巴好不容易閉上，他思緒飛快轉動，轉眼就分析出利弊得失。

安萬里心黑手黑，是個可怕的大魔王兼老妖怪。但有他在，就有很高機率轉移曲九江對自己的注意力。

因爲曲九江對挑戰強者素來很有興趣。

既然如此，還有比七百歲的守鑰更適合的目標嗎？

第二章

除了曲九江，柯維安與一刻都是習慣在旅行前事先做功課的人。

珠里鎮這個地名他們誰也沒聽過，自然先把這三個字扔上網路查詢一番。

一查才知道，原來這是個位置相當偏僻，但還頗具知名度的小鎮。

珠里鎮最出名的，便是身爲水鄉古鎮的特點。它依山傍水，後方是蒼鬱山峰，前頭則有數條河渠交匯，蜿蜒流水將這座小鎮包圍其中，乍看之下，彷彿建於水面之上。

除此之外，珠里鎮的古式建物也是一大特色。當地民宅大多保留著黑瓦白牆的外觀，就算是進行整修，也會盡力維持原有特色。

僅僅是網路上的照片，就能讓人感受到古韻風情，不難想像親身抵達後，又會是如何讓人驚艷。

「老大不愧是老大，隨口推薦的地點就這麼棒。」柯維安光是看別人寫的遊記就十足心動，恨不得馬上插著翅膀，飛到他們的日的地。

可惜前往珠里鎮比想像中還要花時間。

柯維安和一刻是一塊出發到繁星車站的，他們要在那邊與另外兩名旅伴會合，然後轉乘到高鐵站；再搭高鐵前往珠里鎮所在的縣市，最後再搭一天僅有兩、三班的公車抵達。

假如一路上都沒有延誤，最快也要花上近四個小時。

但再想想珠里鎮的風情，柯維安覺得自己可以忍耐這枯燥的車程。

碰上端午連假的第一天，車站內塞滿人潮，不論是驗票口或售票口皆大排長龍。

一刻和柯維安找了一個相對人少的角落，他們站在一根柱子前，揹著包包、戴著球帽，看起來與普通旅客沒什麼不同。

一刻那頭炫目張揚的白髮被遮住，自然也沒有什麼人會往他這裡多看。

「柯維安，你說還多找了一個人過來，那人到底是誰？」一刻看了眼大廳內的大鐘，還有十分鐘就到他們的約定時間。

柯維安昨天在101寢群組裡發了旅行資料，包括路線、目的地介紹，以及交通工具，卻沒有提及他們的第四位同伴究竟是誰。

「哎，等他來了就知道了。」柯維安的說詞還是和昨天一樣。

看著那張笑咪咪的臉孔，一刻似乎被對方的笑容感染，嘴角也微微勾起，接著他毫不客氣地伸手捏上柯維安的臉頰。

「好痛痛痛！小白手下留情啊！」柯維安痛得嗷嗷叫，「我還要靠這張臉來引誘小……」

「引誘你妹！」一刻將柯維安的臉當成麻糬蹂躪一把才鬆開，「別跟我說你是找了甲乙他們其中一個過來。」

一刻的猜想不是沒根據，既然柯維安不想找黑令，那麼百分之百就會從神使公會裡找人。再聯想到他熱愛小孩子，這次聚會又是以男性爲主……

篩選一圈，一刻就想到貓妖三兄弟身上了。

「怎麼可能？」柯維安連忙否認，「甲乙他們會先被曲九江嚇得瑟瑟發抖的，這麼殘忍的事情我才不會做呢，小白你眞的冤枉我了。」

「那你就直接……」一刻聲音倏地消失，他瞪大眼，看著柯維安身後。起初以爲自己眼花，但再定睛一看，從遠處走來的人影不但沒有不見，反倒越發清晰，「不是吧……你妹？」

柯維安分不太清楚一刻這是不是又在罵髒話，「小白？」

「靠！你還眞的找你妹過來了？」一刻驚愕地說。

這下子，柯維安確定一刻說的不是髒話口頭禪了。

你妹。

他的妹妹。

「小白，你在說什麼？怎麼可能……」柯維安大吃一驚地轉過頭，再熟悉不過的人影立刻闖進他眼內，他倒吸一口氣，「小小小小……小芍音!?等等，我是不是眼花看錯了？小芍音後面是不是還跟著一個黑漆漆的背後靈？」

柯維安拔得尖高的聲音在吵鬧的大廳裡沒有引起太大波瀾，但落在來人耳中，輕易就讓她眼睛一亮。

「哥哥！」揹著兔子包包，穿著白色小洋裝的小女孩由走變成跑。

同時，柯維安和一刻也看到小女孩身後的黑色背後靈稍微加大了步伐，那雙大長腿甚至不須邁得太大，就能簡單追上前者身影。

跑在前方的嬌小人影頓時引起車站內民眾的注目，只因她的外貌著實太顯眼了。

宛如剝離色素的雪白肌膚和髮絲，加上鮮紅似寶石的大眼睛，無一不在說明小女孩白子的身分。尤其她五官精緻，再穿上一身花邊繁複的洋裝，簡直就像一尊被注入生命力、突然鮮活起來的洋娃娃。

柯維安抓著一刻的手臂，一手緊摀胸口，「小白，我要暈倒了……拜託告訴我，我是因爲太震驚才產生小芍音身後出現背後靈的錯覺……」

「不是背後靈，是黑令。」一刻殘忍地打碎他的自欺欺人。

柯維安悲鳴一聲，整個人無力地蹲了下來。他的直覺告訴他，黑令在這個時間點出現在這裡……絕對，不會有好事的。

「哥哥，腿軟？」符芍音跑到柯維安面前，語帶關切。

「年紀輕，腿軟，很遜，該多訓練。」在符芍音後方站定的黑令慢吞吞地說。他今天還是雷打不動地穿著黑色連帽外套，帽兜蓋住他的灰髮，落下的陰影加深他那雙淡灰眼瞳的凌厲感。

如果說符芍音像個發光體，那麼落後她一步的黑令，就猶如一道極易被忽視的影子。明明他個子高得驚人，存在感卻像被一筆抹去。

可如果和他對上目光，又會覺得自己像被荒原上的孤狼盯住，無法抑制的寒意瞬間從腳底板衝上來。

「誰年紀輕？我還算是你學長耶！」柯維安瞪圓了眼，迅速站直身體，還趁機偷偷踮個腳尖，發現身高還是差一大截後，他恨恨地站回原地，不再白費力氣。

「嗯，比我矮很多的學長。」黑令說。

啊，這傢伙怎麼還是這麼令人火大啊！柯維安轉頭想向一刻尋求安慰。

一刻無情地把他的頭扭了回去。那是他妹妹、他負責投餵的對象，當然是他自己處理。

「哥哥，還軟？」符芍音張開雙臂，似乎怕柯維安隨時會倒下來，「不怕，我來抱。」

「不不不，小芍音妳誤會大了。」柯維安哭笑不得地說，雖說對妹妹的心意很感動，但是讓小女生抱著他，這是在虐待兒童吧，「我很好，腿也沒軟，身體非常健康，不然換哥哥抱妳吧？」

符芍音馬上雙手交叉在胸前，「平常時候，男女……」

「男女授受不親，我懂。」柯維安哀怨地放下本來想舉起的手臂，他今天也是一個抱不到妹妹的可憐哥哥，「小芍音，妳怎麼會跑到這裡？」

柯維安頓了頓，犀利的目光像利刀般狠狠戳向黑令，「還跟著這個巨大倉鼠星人！」

「巨大，不是倉鼠。」符芍音認眞地糾正，「一起來參加。」

「參加什麼？」柯維安聽得一頭霧水，還是不明白符芍音和黑令爲什麼會湊在一塊，還雙雙出現在繁星車站。

「活動。」符芍音眸子更亮了，她抓緊自己的包包肩帶，胸挺得更高，還特地跺了幾下腳，讓柯維安注意到她的鞋子。

和以往的圓頭皮鞋不同，符芍音今天穿的是平底運動鞋。

一個猜測如閃電劈進了柯維安的腦海裡，「小芍音妳說的活動……難道就是我們的男子聚會？」

符芍音用力地點點頭。

「妳要參加？」一刻這下也無法置身事外，「但妳是怎麼知道的？」

「不是我，眞的不是我。」柯維安急忙擺手以示清白，「我什麼也沒說的，小白你信我！」

一刻才不管柯維安，而是緊緊盯著符芍音。

後者和他筆直地對望，接著視線移轉，直勾勾地看向了旁邊的大個子，「他說。」

「黑令？爲毛會扯到黑令身上？」柯維安被繞得頭都暈了，任憑他腦筋動得再快，也想不明白黑令在整件事情中是何種角色。

被三雙眼睛盯住的灰髮青年依然一副提不起幹勁的溫吞姿態，「小矮子打電話給我，要給她的哥哥，我的朋友驚喜。我再打電話給神使公會，叫范相思的人接了。」

「我好像可以猜出後面發展了……」一刻喃喃地說。

「我好像也是……」柯維安抹了一把臉。

只要提到范相思，就會不由自主地想到她的搶錢功力。

就算黑令只說了開頭，一刻和柯維安都可以直接腦補到結尾。

「范相思把我們的行程賣給你了，對吧？」柯維安有氣無力地說出答案，不意外地看見黑令點頭。

「哥哥，有驚喜嗎？」符芍音仰高臉，小臉蛋上雖然沒有表情，但眼裡有一抹藏不住的得意。

柯維安得說驚嚇成分恐怕佔得比較多，但身爲一個優秀的絕世好哥哥，當然不能打擊可愛的妹妹。

「有，小芍音超棒的！」柯維安熱情地拍著手，還不忘用手肘往一刻方向一撞，要一刻也跟著鼓掌捧場。

「沒有超級，普通。」符芍音一本正經地表達著謙虛。

柯維安一邊陶醉在自己妹妹的可愛當中，一邊趕緊試圖以眼神和一刻進行對話，好想出眼下的解決辦法。

是讓小芍音留下、留下、留下呢？

還是讓黑令滾蛋、滾蛋、滾蛋呢？

一刻眉頭緊緊地皺了起來，還沒等他開口問柯維安是不是眼睛抽筋，外邊似乎冒出了一小陣騷動。

起初一刻他們沒多理會，直到他們看到了騷動的源頭。

然後那源頭一路走過來，就在他們身旁站定。

俊美得驚人的褐髮青年臭著一張臉，眸光冷冽，不管他站在哪，都是天生的聚光焦點。

柯維安幾乎本能地往旁跳一大步，曲九江現在看起來就是想放火揍人了。

「幹嘛？誰欠你錢了？」一刻受不了不斷往他們投來的視線，乾脆摘下自己的帽子往曲九江腦袋上一戴，好歹能遮住半張過分好看的臉孔，「一副被人欠八百萬的模樣。」

「如果有人敢欠我錢，我倒是很想看看。」曲九江淡淡地說。

柯維安腦中已自動幫忙翻譯——如果有人敢欠我錢，我倒是很想燒看看。

曲九江將帽簷再拉下一點，涼冷的目光粗略地瞥過黑令和符芍音又挪開，彷彿對他們的存在毫不放在心上。

一刻早就習慣自己神使的我行我素，曲九江要是忽然換個態度，他才要懷疑對方是不是起床時撞到頭。

「所以呢？怎麼回事？」一刻問道。

「我想，九江學弟是起床氣的關係吧。」溫文的男聲冷不防加入。

一刻循聲望去，立即又發現一名熟人拉著小行李箱走過來。

戴著眼鏡、穿著格子襯衫和休閒長褲，一派斯文俊秀的黑髮男子朝一刻他們微微一笑。

「起床氣是怎麼回事？」柯維安的八卦之心瘋狂竄動。

「預防九江學弟睡過頭，我去楊家拜訪了一下，再把人給拎過來。」安萬里輕描淡寫地解釋道。

「學長，你怎麼也……」一刻先是一愣，緊接著如醍醐灌頂，「難不成你就是柯維安說的第四個人？」

「本來是，但現在……」安萬里含笑的目光掃過一圈，「我想我是第六個人了。」

這話等同於是同意符芍音和黑令的加入。

「我以為我們這是男子聚會，是我記錯了？還是你們集體失憶了？」曲九江拉高帽簷，眼神嘲弄，「或者失智？」

還沒等柯維安挽起袖子，打算跳出來嚴正地向曲九江表達不滿，符芍音先上前一步，雪白的指尖戳了戳曲九江。

「你，男子漢。」符芍音面無表情地仰高頭，拍拍胸口，「我，女漢子，都一樣。不服，來戰。」

曲九江扯出冷笑，指尖隱隱有火光躍動，只是還沒來得及形成火焰，他的後腦就先迎來一記快狠準的爆栗。

現場也唯有一個人敢對他這麼做。

「靠杯啊！你以為你幾歲？」一刻甩甩手，對曲九江惱怒的瞪視回予了更凶悍的目光，「幼稚園的大班小鬼嗎？老子可不想要這麼幼稚的神使！」

曲九江霍地捏緊拳頭，連帶也把冒出的火苗掐個粉碎，他繃著臉，最後冷冷哼了一聲，彷彿在用行動無聲地訴說，「幼稚」這個標籤怎麼可能出現在他身上。

一場險些要爆發的紛爭就這麼被弭平了。

「不該衝動。」符芍音眼露慚愧地反省，「要成熟。」

幾乎同時間，一刻、柯維安和安萬里都對曲九江投以了「學學人家小女生」的目光。

曲九江費了好一番力氣才沒將拳頭捏得卡卡作響，就是一張俊臉更森寒了，宛如十二月的嚴冬降臨。

「要走了嗎？」黑令掩口打了個呵欠，淡色眼睛半眯著，似乎再不移動，他極可能會站著打起瞌睡。

「對對對，我們得趕快去搭車了。」柯維安一拍額頭，「票在……」

「在我這。」安萬里接下去說，「萬能的學長總是能預料許多突發情況，例如多準備好備用的車票。」

「學長你這算是未卜先知嗎？」

「不，我只是想體會一下隨便亂花錢的滋味，反正是報公帳。對了，這是要給你們的。」安萬里將提在手上的袋子遞向一刻等人。

「學長，你應該不是又要拿什麼讓我們戴上了吧？」一刻警戒地問道。

不能怪一刻防備心那麼重，眼下這情景，還有人數，最多是差了一個黑令，看起來就和之前他們一行人準備出發到無憂鎮那時候差不多。

安萬里莞爾一笑，「只是路上買的飲料。」

一刻接過袋子，暗地決定到時還是先讓安萬里喝過，免得不知不覺又中招，他可不想莫名其妙再被性轉。

就算是幻術造成的假象也不行。

值得慶幸的是，那些飲料的確沒有任何問題。

喝下去後沒有突然改了性別，也沒有哪個地方多了什麼或少了什麼。

柯維安咂咂嘴巴，就是覺得喝起來太甜，還有變得想睡覺。

睡意和疲勞來得太過突然，柯維安眼皮撐不住地上下打架。還沒等他對坐在後邊的安萬里射出指控目光，他頭一歪，一秒昏睡過去。

一刻及時把那顆差點砸向自己的腦袋撈住，目睹全程的他倒沒認爲安萬里有在飲料裡做了什麼手腳。

睡著的原因很簡單，誰教柯維安昨天太晚躺床，今天又太早起床。

換句話說就是沒睡飽，身體發出補眠要求了。

一刻扶著柯維安的頭，一時不知該如何是好。他們在高鐵上的座位是三人、三人坐一排的，柯維安堅持要達成左擁右抱的成就，所以就坐在中間。

他的兩邊分別是一刻和符芍音。

偏偏柯維安睡著時不管躺著或坐著都不安分，睡著時能從左邊滾到右邊，再滾到床底下；坐著時，假如頭沒倚靠著窗邊，就會晃過來晃過去，讓人深怕他的脖子會因此折斷。

坐在內側的符芍音想起身讓柯維安坐自己位子，但如此一來，柯維安就得先被吵醒。

符芍音想了想，用氣聲跟一刻說，「哥哥，靠我肩膀。」

一刻瞄了一眼符芍音的個子，柯維安要是靠上她肩膀，那脖子肯定要折到。還沒等他毅然決定犧牲自己，眼角餘光就瞧見黑令弓站起身，伸手戳上符芍音的後腦勺。

符芍音下意識摀著頭向後一看。

「妳矮我高。」黑令言簡意賅地說，「我和妳換。」

符芍音衡量了下彼此的身高差，遺憾地發現自己的確不太適合充當柯維安的枕頭，同意黑令的提議。

符芍音體型嬌小，就算從柯維安身前穿過，也沒有驚擾到他。

黑令則是仗著自己身高腿長，直接跨過了柯維安，成爲他右手邊的鄰居。

見狀，一刻也抽回手，讓柯維安靠上黑令的肩頭。

「一刻，要來我們這邊坐嗎？」後方的安萬里笑問道：「芍音可以坐你那邊，這樣維安醒來後，反應也許不會太過激烈。」

一刻稍微想像一下那場景，立即毫不猶豫地同意了安萬里的建議。

用膝蓋想就知道，柯維安一醒來發現旁邊人變成黑令，絕對會扯著喉嚨先來一陣雞貓子鬼叫。

一刻拒絕自己的耳朵受到傷害。

有符芍音在，好歹能讓柯維安的激動程度降低一些。

陷入夢鄉的柯維安此時尚不知道，自己這麼一睡，不但將一路睡到珠里鎮所在的桃華市，還睡得連身旁鄰居換了人都渾然不覺。

所以當他被符芍音推醒時，一時間仍是懵的，大大的眼睛裡滿是迷茫，與符芍音的鮮紅眸子對視個正著。

「小芍音？」柯維安迷迷糊糊地開口，好像還分不清楚自己目前身處何處。

「哥哥，到了。」符芍音又輕輕地推晃一下。

「到了……到哪？」柯維安無意識地撐直身體，感覺自己的頸子有些發痠，但也不像以往搭車時那麼難過。

柯維安一直覺得不管是客運、火車或高鐵，它們的椅子都違反人體工學，壓根讓人不能好好睡覺，每回醒來都覺得脖子和腦袋像要分家。

但這一次……好像不太一樣？

柯維安還以爲是這節列車的椅子做了什麼調整，結果一扭頭，看見的卻是一堵黑牆。

不對，是一個穿著黑色外套的。

「黑黑黑……」柯維安嘴巴張大得像能塞一顆雞蛋。

「睡一覺，就失憶了嗎？」黑令習慣性地拉上兜帽，神色平淡，彷彿被人壓著肩膀睡一路的不是自己，「年紀輕輕，眞讓人擔心。」

「擔你個大頭鬼啦！說過多少次了，我明明比你還大！」柯維安就算還處於沒回過神的狀態，依然輕易就被黑令挑起火氣。

「哪裡大？」黑令歪著頭問。

柯維安險些被自己的口水噎到，「當然是年紀、年紀！你想到哪邊去了？」

「我沒想。」黑令慢慢地說，「是你想到哪邊去了？」

「小朋友們，別在這裡吵起來啊。」安萬里笑著介入這場單方面的爭執。

「幼稚。」一刻嘆氣。

曲九江冷笑，眼底盡是看好戲般的嘲弄。

「哥哥不幼稚。」符芍音爲柯維安辯駁，「只有一點點……可能再多點。」

「那就還是幼稚。」黑令神色平淡地做出結論。

柯維安拒絕再跟黑令說上一句話。

經過這麼一鬧騰，他總算是徹底清醒過來。他往一旁車窗一看，月台上的站牌標示著大大的「桃華」。

這裡同時也是高鐵南向的終點站，大部分乘客都已下車。除了一刻他們，就只剩下寥寥幾人還留在車廂上。

安萬里他們先去拿行李，符芍音本想起身，可瞧見走道有人要過，便乖乖坐在位子上。

無預警間，一道刺眼白光閃過。

離光源最近的符芍音和柯維安還沒反應過來，座位內側的黑令已長臂一伸，猛地抓住了一名鬈髮少女的手腕。

董郁青壓根沒想到自己手機的閃光燈忘記關，更沒料到手腕會被人一把抓住，那力道大得讓她頓時臉色一白，忍不住痛呼出聲。

突來的意外也讓走在董郁青後面的兩名同伴嚇了一跳。

「郁青？」聲音軟細，綁著蓬鬆三股辮的于苗苗難掩驚慌，看起來像隨時會被嚇哭。

「你這人幹嘛啊！」語調拉高，一身小麥色肌膚的袁柳在三人中年紀最長，態度也最爲強勢。

拉出行李箱的安萬里注意到後方的騷動，「維安，怎麼了？」

被點名的柯維安下意識把符芍音往自己方向拉，臉上猶帶著迷茫，「我也……」

「她拍照。」符芍音一板一眼地向安萬里報告。

「拍照又怎麼了？高鐵上有禁止拍照嗎？」袁柳揚高修得姣好的眉毛，「你們這幾人很奇怪耶，還不快把我們朋友的手鬆開。」

「對不起，郁青不是故意的……」于苗苗小聲替朋友道歉。

「苗苗，妳脾氣也軟得太過分了吧？」袁柳馬上炮火轉向，恨鐵不成鋼地罵道。

于苗苗顯得更畏縮了。

「她不偷拍，就不會被我抓住。」黑令的身材高大得驚人，半張臉又被兜帽陰影遮住，毋須多做什麼，就帶給人強烈的壓迫感。

就連方才還有些咄咄逼人的袁柳也心頭一跳，眼裡閃過一絲緊張。

「我只是想拍一下，不是故意要開閃光的……」董郁青覺得委屈，她還沒被異性這麼粗魯對待過，「我第一次看到白子……」

「原來如此，下次拍照還是先問過比較好呢。」安萬里像是不打算擴大紛爭，語氣和緩地打了圓場，「維安，我們該下車了。」

柯維安一對上安萬里笑吟吟的眼神，就知道他們副會長肯定有小動作要做。他立刻拍拍黑令的手臂，示意對方鬆開少女。

手上箝制一鬆，董郁青立刻急匆匆轉過身，推著本來在她後面的袁柳，要她們往另一邊出口下車。

「喂，郁青，妳就這樣？」袁柳性了嗆辣，不滿事情就這麼不了了之。

「走啦走啦，別跟他們爭了……我們還得去趕車呢。」董郁青壓低聲音說，就怕那個黑帽男又忽然發瘋，她的手腕到現在還在痛。

于苗苗反應最快，馬上提著包包快步走。

見狀，袁柳也只好放棄再替自己朋友討公道，板著張冷艷的臉，不情不願地跟著下車。

董郁青一踏上月台，偷瞄一眼那名白子小女孩所在的團體，發現他們要搭電梯下去，她風風火火地就朝相反方向的手扶梯邁步。

「郁青，妳幹嘛？」袁柳不明白董郁青在急什麼，「我們不搭電梯嗎？」

「還是不要吧？」爲難出聲的是于苗苗，她說話一向輕聲細語，不仔細聽容易忽略，「剛剛的那些人，他們就在等電梯。」

「怕什麼？」袁柳眉毛一挑，「和他們正面嗆聲啊！」

「哎唷，袁柳姊姊，妳是想跟人家嗆什麼？」董郁青已經踏上往下的手扶梯，回頭朝兩名朋友招手，「後面有人，趕緊下來啦。」

袁柳也聽見後方人在催促，長腿只好往前一邁，一塊搭乘手扶梯下樓。

來到高鐵站的一樓大廳，袁柳伸手拉住董郁青，不讓她再往前衝，「所以我說妳到底在急什麼？」

「可以先上個廁所嗎？」于苗苗不好意思地問道。

「喔，好啊。」董郁青這句話是回答于苗苗的，後面一句才是針對袁柳的問題，「因爲我怕他們叫我刪照片。」

「照片？」袁柳幫忙顧著于苗苗的行李，和董郁青站到牆邊等，「什麼照片？啊，妳剛在車上拍的啊。」

「妳不覺得那個白子小女生超可愛嗎？簡直像洋娃娃耶。」董郁青掏出手機，想找出自己剛拍的照片，「要是放到IG上，一定會很多人按愛心的。」

袁柳回想了下，她剛才顧著替董郁青嗆人，還眞沒仔細看清楚那名白髮小女孩長什麼樣。依稀記得對方的皮膚似乎特別白，穿的小洋裝還很華麗，給人的感覺就是有錢人家的小朋友。

「好像是挺可愛的吧？」袁柳聳聳肩膀，她一向不太喜歡小孩，只覺得他們總是又吵又煩，俗稱小屁孩，「可惜沒看清那個黑衣男長怎樣……啊，郁青，妳快看妳剛拍的照片有沒有拍到他的臉？有的話也可以貼到妳的IG上，讓妳的粉絲……」

袁柳的話還沒說完，董郁青就先爆出一聲哀號。

「糊掉了！」董郁青簡直不敢相信，「我剛拍的照片糊得也太誇張了啊！我本來還自信沒手震耶！」

從女廁出來的于苗苗湊過來，「怎麼了嗎？發生什麼事了？」

「妳們看……」董郁青沮喪地將手機畫面展示給兩個朋友，上頭的照片糊到連人都看不清楚，頂多算是一堆色塊的聚集體。

「噗！」袁柳率先憋不住，笑聲逸了出來，「妳這是怎麼拍的啊？」

于苗苗比較有同情心，安慰地拍拍董郁青的肩膀，「好可憐，拍照殺手。」

「才不是，我沒有。」董郁青為自己喊冤。當時她雖是臨時起意偷拍，但還是有特地停下腳步，手也很穩，照理說成果不應該那麼慘烈。

這都稱得上是她拍過的最糟照片了。

「可惡，我要去投訴這家手機。」董郁青咬牙切齒地說，「說好的相機功能優異，絕對不會對不準焦呢？」

「當然是廣告唬妳的。」袁柳嘲笑。

于苗苗摀著嘴，秀氣地笑，直到她瞥見了手機上的時間，臉蛋頓時露出緊張，「公車……我們得趕緊去搭車了，不然會來不及，下一班要等很久的。」

聞言，董郁青和袁柳也一驚。她們要去的地方太過偏僻，一天只有三班公車，錯過待會的班次，接下來起碼要再等上三小時以上。

誰也不想白白地在這裡浪費那麼多時間，三個女孩忙不迭帶著自己的行李，匆匆忙忙地趕向搭車地點。

幸好公車站牌離高鐵站不會太遠，三人小跑步趕到了目的地。

還沒來得及喘口氣，董郁青等人就注意到站牌處也有其他人在等車，緊接著她們不約而同地面露錯愕。

因爲在那等車的不是別人，赫然就是剛才高鐵上和她們差點起爭執的那群人。

撐著小洋傘的符芍音最先發現來自另一端的視線，她轉過頭一看，接著拉拉柯維安衣襬一角。

「哥哥。」

「嗯？小芍音怎麼了嗎？是不是覺得太熱了？」柯維安朝旁邊招招手，「黑令，還不快發揮你的身高優勢，你這個子在這時候總算派得上用場了，快過來替小芍音遮陽。」

「有傘，不用。」符芍音搖搖頭，「是剛剛的人。」

剛剛的人？柯維安心裡納悶，抬頭張望一下，然後就意識到符芍音指的是誰了。

——不久前在高鐵上偷拍符芍音的鬈髮少女和她的兩位朋友。

「誰？」剛結束和蘇染他們視訊的一刻順勢看過去，映入眼中的是三名陌生女性。他之前和曲九江先下車，沒看見董郁青她們的長相，自然不曉得對方是誰。

「就是想偷拍小芍音的。」柯維安和一刻咬著耳朵，「不過副會長有暗中出手，肯定沒有拍成功。」

一刻對偷拍這事向來沒太大好感，他冷著臉，淡淡地往董郁青她們的方向掃了一眼。

董郁青三人險些不敢上前一步，那名白頭髮、疑似是白子小女孩哥哥的人，一看就不好惹，只差沒頭頂上寫著「絕非善類」。

「袁柳姊姊，妳走前面。」董郁青承認自己慫了，被那眼神一瞥，她感覺寒毛都要站起來。

「妳膽子怎麼那麼小……」袁柳嘴上嫌棄，但腳步遲遲沒邁出。

還是于苗苗最先有了動作，她像隻謹慎膽小的小動物走上前，再小心翼翼地和一刻等人打聲招呼，「你們好。」

「妳好。」柯維安笑咪咪地回應，同時很滿意黑令主動移位置，遮住了符芍音。

「搞什麼？這是在防小偷嗎？」袁柳看見這一幕，不滿地咕噥道。

董郁青沒回應，她的目光呆呆地望著另一個方向。

袁柳以為董郁青會附和自己，卻遲遲沒等到對方的回應，她納悶地轉過頭，再順著董郁青的視線看過去。

這一看，袁柳瞪大了眼，甫冒出頭的火氣登時消失得一乾二淨，心裡只剩下大大的「驚艷」兩個字。

在白髮男孩右側，站著一名戴著球帽的高個青年。他的褐髮隨意綁成一束馬尾，五官深邃，臉孔精緻俊美，比董郁青她們追的明星還要好看太多。

董郁青和袁柳回過神來，第一反應就想拿出手機，最後還是硬生生地忍下這個衝動。這時候偷拍，太容易被察覺。

于苗苗也看見了那名褐髮青年，她「哇」了聲，眼底迸出光芒，一時難以挪開視線。

像是聽見于苗苗的驚呼聲，曲九江冷漠地看過來，接著連正眼也懶得和三名女孩對上，直接轉頭面向其他方向。

如同透露出反感的小動作，瞬間讓董郁青三人從對方的美貌中清醒過來。

袁柳撇撇嘴角，「長得帥了不起啊。」

「但眞的很帥很帥啊……」董郁青覺得自己一顆心還在撲通撲通地亂跳，她舉起手搧了搧，希望自己不要臉紅得太明顯，「而且仔細一看，那個戴眼鏡的也長得挺好看的，我是說黑頭髮的那個。」

「太斯文了。」袁柳挑剔地說，「看起來連肌肉也沒有，像個白斬雞。」

「拜託，袁柳姊姊，妳說得好像人家願意讓妳挑一樣。」董郁青直接翻了白眼，不理會袁柳的抱怨，連忙拉著行李箱小跑步上前，不想讓于苗苗一人搶了風頭，「哈囉，又見面了，你們也是要搭車的嗎？」

「站牌在這，妳眼睛瞎？」黑令慢條斯理地問道。

董郁青臉上笑意僵住，一時接不了話。

大步走過來的袁柳剛好聽到，毫不掩飾自己的嗤笑聲。既然董郁青剛不給她面子，她也沒必要再爲對方出頭，剛好可以省下她的正義感。

董郁青強壓下心中的惱火，重新揚起笑容，假裝沒聽見黑令刺耳的質問。

「你們要去哪玩？」董郁青盯著站牌上的路線圖問，這條線只經過三個站。

「我們要去珠里鎭。」于苗苗先說出了她們的目的地。

「妳們也是？」柯維安訝異地睜大眼。

「所以你們也是囉？」董郁青沒忽視那個「也」字，眼睛驟亮，「哇，太巧了吧？如果你們沒特別行程的話，我們可以一起玩啊，苗苗是當地人呢。」

「我們上車再聊吧。」安萬里沒有直接答應，只是微微一笑地說。

這時眾人才發現到，不遠處一台公車正緩緩地朝這裡駛近，車頭處的ＬＥＤ顯示器，標明了它的終點站。

——珠里。

第三章

珠里是個小有名氣的觀光小鎮，可令人意外的是，這班專門開往珠里的公車上除了柯維安他們這一票觀光客外，就只有零散的幾個人，車上看起來冷清得很。

柯維安和一刻竊竊私語，「眞奇怪，網路上不是說珠里鎮還滿熱門的嗎？」

「你問我，我問誰？」一刻聳聳肩膀，倒是不在意這種事，他還寧願人越少越好。

「但是，現在是端午連假耶。」柯維安加重語氣，「連假不就等於是人擠人的代名詞嗎？所以珠里鎮應該要塞到爆才對！」

「我靠，那你還選這個地方？」一刻送了一枚大白眼。就不怕他們隊伍裡有個將人類當渣渣看待的傢伙，萬一火氣上來，眞的出手縱火怎麼辦？

「又不是我選的，是老大！」柯維安迅速推卸責任，嚴正聲明這是屬於胡十炎的鍋，「而且有小白親親你在嘛。」

柯維安的言下之意就是將一刻當馴獸師看待。

至於那隻「獸」，拒絕跟任何人坐一塊，自己挑了最角落的位子閉眼睡覺。

「別怪維安，他只是被報公帳魅惑而已。」坐在一刻二人後方的安萬里插話說道。

「說得副會長你好像沒被魅惑一樣。」柯維安以氣聲吐槽，「之前說想體驗盡情花錢的人不知道是誰喔？」

「哥哥，要堅定。」坐在前面的符芍音轉過頭來。

「有有有，我對小芍音妳的愛一直超級堅定的。」柯維安立刻雙手比出一個愛心。

「雖然不超級，但很堅定。」符芍音依樣畫葫蘆，送了一個心心回去。

柯維安摀著胸口，覺得自己要被萌死了。他激動地抓著一刻的手臂，要把自己的喜悅分享給最重要的麻吉，「小白、小白，有沒有？有沒有啊！」

「有三小？」一刻拍開那隻緊抓自己不放的手，「講話沒頭沒尾。」

「唉唷，甜心你和我是心之友，怎麼會感應不到？當然是我家小芍音有沒有宇宙無敵可愛。」柯維安亢奮得尾音都在顫抖了。

「我只感應到我們之間有超厚的心之牆在。」一刻冷酷地說，「滾蛋。」

柯維安毫不在意，滿臉笑嘻嘻，然後他就看見坐在符芍音旁邊的黑令也轉過頭。

「我和你沒有心之牆，別擔心。」黑令說。

柯維安肯定而且確定，身為地球人的他和倉鼠星的黑令之間絕對有，還是非常非常厚的那種。

「要看眼睛說話。」符芍音的指尖點點黑令的臂膀，態度一板一眼。

黑令拉下外套兜帽，一字未變地重複道：「我和你沒有心之牆，別擔心。」

「我謝謝你喔。」柯維安乾巴巴地說。

而幾乎是黑令露出整張臉的剎那間，右側座位傳來了幾道吸氣聲。

董郁青她們沒想到，那名被她們認定脾氣差的黑衣男居然也有著令人驚歎的高顏值。雖然略輸給後方用球帽蓋臉的褐髮青年，但還是勝過大部分她們見過的男性。

尤其對方的眼珠顏色特別淡，像玻璃珠似的，在窗外日光照耀下有種異常的剔透和冰冷美感。

董郁青和袁柳早忘記站牌時的不愉快，兩人低頭湊在一起討論起來，一致認爲既然褐髮帥哥拍不到臉，那這名灰髮帥哥絕對要拍到。

董郁青很快就有了主意，她舉高手機，擺出自拍的樣子，但鏡頭同時也對準後面的黑令，打算一併把對方拍進照片裡。

袁柳採取同樣的辦法，手指快速地在手機上連按，一口氣連拍一堆照片，也不停下來檢查拍得如何，反正只要最後有一張能用就行了。

她每次放上IG的美照都是這樣來的。

董郁青和袁柳忙著假裝自拍，實則在偷拍黑令，連符芍音都趁機一併被入鏡了。卻都沒發覺安萬里的視線有那麼一秒朝她們投去，那雙墨黑的眼珠裡掠過了碧光碎片。

等女孩們覺得拍過癮了，手也舉痠了，她們心滿意足地放下手機，準備從中好好挑選。然而等在她們面前的，是殘酷的現實。

袁柳和董郁青一開始看到前幾張照片是糊的還沒在意，等到她們發現所有照片竟然都沒對準焦距，糊得連她們都認不出自己的臉，她們不敢置信地大叫出聲，兩張漂亮的臉蛋上是如出一轍的震驚。

坐在她們後頭的于苗苗被嚇得彈坐起來，連帶塞在耳中的耳機也被她大動作扯下。

「發生什麼事了？郁青、袁柳姊姊？」于苗苗緊張問道。

偷拍對象就在走道另一端，董郁青和袁柳也不敢說得太直白，她們沒忘記在高鐵車廂上，黑令表現出不近人情的態度。

「沒……沒什麼。」董郁青含糊地說，「就是自拍照拍糊了。」

「全都拍糊了！」袁柳不平地嚷，「這什麼破手機，回去後我一定要打電話客訴，不把客服罵到哭出來我就不姓袁！」

「今天是什麼詭異的日子啊……拍照一直失敗失敗的。」董郁青惱怒地嘀咕，最後挫敗地收起手機。

不想再拍了，越拍越生氣。

瞄見走道另一邊的一刻等人下意識也往她們這邊看來，董郁青臉上先是微熱，隨即重新漾起笑容。

「苗苗。」董郁青說，「我去後面跟妳坐。」

「咦？好啊。」于苗苗自動地往窗邊座位挪去，將靠走道的位子留給董郁青。

袁柳起初還不曉得董郁青沒事幹嘛要換座位，等見到她笑吟吟地和一刻他們搭話時，頓時明白過來。

于苗苗坐的位子，剛好和白子小女孩及那名灰髮青年是同一排。

董郁青這是想和他們那團的人搭訕。

花痴！袁柳在心裡暗罵道。

「欸欸，所以你們決定得怎樣？就是之前在等車時問你們的。」董郁青自來熟地開口，一雙眼睛盈滿笑意，「等到了珠里鎮，我們兩邊一起玩啊。」

符芍音看向柯維安，柯維安看向一刻。

一刻把柯維安的臉推開，要他去看他們隊伍裡年紀最大、也負責作主的那個。

柯維安只好心不甘、情不願地看向安萬里。

「狐……副……」意會到「狐狸眼」和「副會長」這兩個稱呼都不適合在外人面前喊出來，柯維安最後只好選擇他實在不想用的那個，「學長，你覺得呢？」

「我覺得，謝謝妳們的邀請了。」安萬里長腿交疊，婉拒了董郁青的提議，「我們有自己的安排。」

「我們也可以跟你們的安排一起行動啊，反正我們很隨性，行程也很free的。」袁柳乾脆轉過身，半跪在座椅上，雙手趴在椅背，艷麗的臉上勾起笑，「有美女作陪，不好嗎？」

「看不出來有哪裡好。」會如此直言不諱的就只有黑令了。

袁柳表情扭曲一瞬，她素來都被異性追捧著，偏偏今天一再遭受無禮的對待。

柯維安早就放棄告訴黑令什麼叫說話的藝術。

黑令彷彿沒看出氣氛僵冷，「既然沒有任何一點好的，就表示，非常差。」

就連董郁青也幾乎快撐不住臉上的笑意，那番話簡直就是將她們幾個嫌棄得一無是處。

為免對方氣到抓狂，柯維安迅速從包包裡掏出一包南瓜子，果斷塞到黑令懷中，讓他找別的事情做。

總之就是別再開那張尊口了，乖乖嗑瓜子就好！

當下有片刻的冷場。

公車倏然一個大力震晃，震回了眾人的神智，後頭幾名乘客發出了小聲的驚呼。

眼看柯維安等人似乎沒想再聊天，董郁青立刻主動再開口，讓這場閒聊持續下去。

「沒關係，也不勉強。」董郁青這次也學乖了，搭話對象直接改成柯維安和安萬里，放棄再跟說話氣死人不償命的黑令接觸，「你們要去珠里鎮玩幾天？可以叫苗苗給你們推薦一般觀光客不知道的私房景點喔。」

「咦？原來苗苗小姐是當地人嗎？」柯維安還以為三個女孩和他們一樣來自外地。

「叫我苗苗就行了。」于苗苗細聲地說，「我在珠里住過好幾年。」

「苗苗的名字很可愛對吧？我是董郁青，旁邊這位是袁柳。」董郁青抓住機會，趁勢替她們三人自我介紹，想藉此拉近彼此距離，「我們打算在珠里鎮待個三天兩夜，你們呢？」

「我們也是。」安萬里笑笑地說道：「連假很適合出來玩，不過我比較驚訝的是，往珠里鎮的公車上居然沒什麼人。」

董郁青對這方面並不了解，連忙向于苗苗求助。

「這條公車路線經過的路段較顛簸，又繞比較遠，搭的人才會不多。」于苗苗說，「加上前陣子開了一條新的國道，大部分人都會走那條路開車到珠里，可以節省一半以上的時間。但公車沿路能看見一些都市裡看不見的風景，因此我們才會搭公車。」

「原來如此！」柯維安恍然大悟。他們本來就沒開車的計畫，因此查路線時只鎖定大眾運輸工具。

「你們是社團一起出來玩嗎？」董郁青好奇地問，她剛聽見柯維安喊安萬里「學長」。

柯維安點點頭，扣掉黑令和符芍音，他們四人的確是同一社團沒錯，自然也可以視為社團出遊。

「妳們呢？也是學校同學一起出來玩？」柯維安回問。

「當然不是，你看我們哪裡像同學？」袁柳心直口快地說，「我們是網路上認識的，聽苗苗說珠里鎮很漂亮，就約好一起去那拍照。」

「也算是同社團的人。」董郁青俏皮一笑，「不過是臉書社團啦。」

社團、拍照，柯維安當即聯想到某方面，「妳們是攝影同好之類的嗎？」

袁柳最先笑出聲，「攝影同好？聽起來好俗喔。我們是專門來拍IG美照的啦，我們的追蹤人數可是很多的，我的比郁青還多一些。」

「不過也才多那麼一些些，驕傲個勁。」董郁青用只有自己聽得見的音量喃喃自語，隨後又是一張甜美開朗的笑臉，「對啊，袁柳姊姊總是喜歡在意那一點小數字呢。」

「小」字上還特別加重了語氣，彷彿意有所指。

袁柳豈會聽不出董郁青的諷刺，她斜睨對方一眼，大度地不與對方計較。

畢竟贏了就是贏了，她在IG上比董郁青有名氣是事實。

柯維安敏銳嗅出女孩們私底下的暗潮洶湧，但對於陌生人的事，他可沒興趣插手，便裝作什麼也沒聽出來。

兩個年輕網紅還開了自己的IG給柯維安他們看，果然如她們所說，追蹤人數相當多。

「對了對了，我們三人還有一個共通點……啊，性別不算，你們一定猜不出來，我們發現那時也覺得超神奇的！」董郁青賣著關子。

「是生日嗎？」安萬里說。

這看似天外飛來的一筆，霎時卻讓三個女孩露出了目瞪口呆的表情。她們瞪大著眼，震驚萬分地一同看向了安萬里。

從她們的反應來看，不難猜出安萬里說的就是正確答案。

「爲……爲什麼你知道？」連總是輕聲細語的于苗苗一時也控制不住音量，「你是怎麼猜到的？」

「直覺。」安萬里彎起唇角。

三個女孩對視一眼，不知道安萬里究竟是開玩笑或是認真的。但無論哪一個，的確被他說中了。

「學長爲什麼有辦法知道？」一刻和柯維安說著悄悄話。

「因爲他是一隻活了七百歲的老妖怪。」柯維安嚴肅地說。

一刻發現自己居然被這個理由說服了。

「不過三個人都同一天生日，眞的很巧耶。」柯維安忍不住再看向三名個性截然不同的女孩。

「對吧對吧？我們三人可是八二三小隊呢！」董郁青笑得一臉開懷。

一刻他們卻是愣怔了下，包括坐在最後頭的曲九江，也將帽子挪開，眼睛眯細。

「八二三？妳們都是八月二十三號生日嗎？」柯維安求證。

「對。」于苗苗說，「我、郁青，還有袁柳姊姊都是。」

「哇喔，這也……這也太剛好了吧？」柯維安的目光不禁飄往一刻身上。同樣八月二十三號生日的一刻亦是難掩吃驚。

「跟小白，一樣。」符芍音說。

「小白？誰？」于苗苗困惑地問，緊接著心中一動，吃驚地望著一頭白髮的一刻，「難道說，你也……」

「不是吧，真的假的？第四個八二三隊員出現了！」董郁青情緒頓時嗨了起來，「這太有緣分了啦，苗苗妳說對不對？」

「嗯，對……」于苗苗的目光落在一刻臉上，但神情莫名地有些心不在焉，時不時又瞥看車外，彷彿有什麼拉走了她的注意力。

趴在椅背上的袁柳將于苗苗的表情變化看得一清二楚，她納悶地蹙起眉，「苗苗，妳怎麼了？外面有什麼嗎？」

「啊，沒、沒有。」于苗苗身子一震，有如受到驚嚇的小動物，她慌張地搖著頭，「沒事的，妳們別在意。」

但看在袁柳和董郁青眼中就像欲蓋彌彰，強烈的好奇心讓她們立即展開逼問。

「太可疑了。」

「太讓人在意了。」

「快說快說，有事不能瞞著我們！」

「就是啊，妳這樣沒有把我們當朋友！」

「我們是八二三小夥伴耶！」

董郁青和袁柳妳一言、我一句的，非得要從于苗苗口中撬出答案。

于苗苗輕咬著嘴唇，欲言又止，最後還是在朋友的追問下鬆了口。

「不是太大的問題，主要是……我自身的緣故。」于苗苗低著頭，絞著手指，「其實我不算是當地人，我小時候是住在其他地方，然後被收養。」

「咦？怎麼回事？從來沒聽妳說過啊。」董郁青吃驚說道：「那妳的父母呢？」

「他們很早就過世了，留下我和姊姊兩個人……姊姊大我很多歲，她獨自扛下了照顧我的責任，她就像我的另一個媽媽。在我十歲生日那天，她帶我去珠里鎮玩，然後就……」于苗苗眼底逐漸凝聚淚意。

「就……怎麼了？」董郁青小心翼翼地問，內心則是後悔自己幹嘛多問，聽這種事情多掃興。

「她一個人外出的時候發生了意外，她……她在一個水潭邊，聽說是失足落水……」于苗苗抬手迅速地抹了抹眼角，長長地吸一口氣，試圖讓聲音保持鎮定，「再後來，鎮上的人就收養了我。」

「聽起來那個鎮上的人還不錯。」袁柳評論道。

「我很感謝養父母照顧我長大，但是……」于苗苗眼裡有難以排解的失落和憂鬱，「我感覺得出來，他們多少還是把我當外人，因此上大學後我也不好意思常回去，而且……」

頓了頓，于苗苗悵然若失地嘆口氣。

「鎮上的大家也是一樣，他們不太認同我的存在，到現在仍然把我視作外來者。我不曉得是不是錯覺，但有時候好像會有人對我投以排斥的目光……這也總讓我覺得，自己終究和珠里鎮格格不入。」

「天啊……沒想到苗苗妳這麼可憐。」董郁青伸手拍了拍朋友的肩膀，語帶同情。

「別怕，要是到時有人找妳麻煩，我們大家為妳出氣，來一個，我罵跑一個，來兩個，我就罵跑一……」最後一字還沒來得及滑出，袁柳就因公車猛地一個顛簸，險些往後一倒。

「哇！」

「袁柳姊姊！」于苗苗嚇得頓時把煩惱拋到腦後，反射性直起身想抓住對方的手。

結果袁柳正好也奮力向前穩住身子，當下只聽見一聲清脆音響，兩人的額頭就這麼撞在一塊。

「對不起，妳們倆好可憐，可是……」董郁青雙肩抖動，「真的好好笑啊……」

各自摀著前額的于苗苗和袁柳大眼瞪小眼，半晌後也被彼此的狼狽樣逗笑。

「不行、不行，我得坐回去了，免得下一回真的摔出去。」嘗到教訓的袁柳轉正身體，滑坐回自己的位子。

「不好意思，我們太吵了……」于苗苗揉著發紅額頭，探頭向走道旁的一刻等人道歉，「那個，真的很抱歉，如果你們這幾天有其他空檔……我可以推薦一個私房景點給你們。」

「喔喔喔，真的嗎？」柯維安被勾起興趣，「它在哪邊呀？」

「珠里鎮有間植物園，植物園後方有座小山，我說的景點就在山裡，不會很難找。」于苗苗將手半摀在嘴邊，宛如怕被公車上的其他遊客聽到，「我們都稱那邊是神明的洞穴。」

「神明的洞穴。」一刻重複了遍，「所以，那裡有祭拜什麼神嗎？」

「有的。」于苗苗語氣輕柔而鄭重，像在傾訴重要的祕密，「洞裡祭拜的是……」

包括董郁青和袁柳都好奇地豎起耳朵。

然後她們聽見于苗苗說：

「螢石大人。」

經歷數小時的車程，公車終於抵達終點站，珠里鎮。

早就耐不住路上枯燥的董郁青一馬當先地下車，再來是袁柳和于苗苗。

于苗苗下車前，還不忘向柯維安他們揮手告別。

「苗苗，妳動作快點啊，我想先吃點東西。」袁柳揚聲催促，「餓死了！」

「好、好的！」于苗苗加快腳下速度，立時消失在柯維安他們的視野內。

柯維安等人不像其他人急著下車，等到人走得差不多了，他們才悠閒地下車。

柯維安從車上走下來時，迎面而來的是大片刺眼的陽光。他抬手遮擋，接著感覺到緊繃一路的身體傳來痠痛。

「天啊，我的肩膀都變得硬邦邦了……」柯維安哀怨地向一刻說道：「還有我的屁股……也坐得好痛啊，小白。」

「干我屁事。」一刻絲毫沒有同學愛。

柯維安大受打擊，「甜心，這時不是該安慰我說，到民宿後替我按摩一下之類的嗎？」

「喔，用拳頭嗎？」一刻一臉冷漠。

「這種小事不用我的神動手，室友B。看在以前同寢室的份上，我可以勉爲其難地幫你一次忙。」曲九江長腿一邁，走下公車。

「不用，我幫哥哥。」換符芍音揹著兔子包包跳下來，後頭跟著黑令，「看過電視，用力跳，就是按摩。」

「呃……在哪裡跳？」柯維安乾巴巴地問。

「哥哥的背！」符芍音回答得精神奕奕。

「小芍音，哥哥很感動……但這份愛好像有點過重了。」柯維安抹抹冷汗，深怕自己體內的東西會被踩出來。

例如內臟啊、內臟啊、內臟啊。

「小朋友們，不要擋在車門前好嗎？」安萬里還沒下車，他臉上帶著包容的笑容，看著曲九江和柯維安明顯過了好一會才慢慢地挪動腳步，心裡的小本本則是俐落地替兩位學弟記上一筆。

嗯，等回去以後，就利用病毒將蒼井索娜的片子送進他們的筆電裡面吧，讓他們欣賞天使的美好。

「學長，你的笑容……沒事。」安萬里的笑意讓一刻本能地想打個寒顫，可直覺告訴他別把話說完，不然自己可能遭到池魚之殃。

至於那份「殃」是指什麼，一刻很確定自己完全不想深入探究。

「我們先到民宿放行李吧。」安萬里打開手機，看著記錄在裡面的資訊和路線。

「小芍音，哥哥替妳拿包包吧。」柯維安立志當一個溫柔體貼的好哥哥。

「自己來。」符芍音堅持要當一個獨立自主的優秀妹妹。

「那我的，你幫我拿。」黑令打蛇隨棍上，直接將自己的行李遞向了柯維安。

「靠，你不會不好意思嗎？」柯維安才不想幫男人服務。

「不會。」黑令理所當然地說。

「好喔，不愧是外星人，臉皮厚度也很驚人。」柯維安嘀嘀咕咕地說道，看見黑令張口欲言，他果斷抬起手，「這是比喻、比喻，沒眞的以爲你是外星人。」

「……喔。」黑令本來的確是想爲自己的種族辯駁。

一刻發現他們下車的地方看起來有些偏僻，一邊是大片荒草，另一邊是大馬路，和網路上看見的水鄉古鎮截然不同。

「我們這是到珠里鎭了吧？」一刻不確定地問道。

留在駕駛座上休息的司機探出頭，哈哈一笑，「熱鬧的地方在另一頭，你們只要順著這條路往前走，再繞過一座橋就能看到了。你們好好玩啊，珠里鎭可是個不錯的好地方。我跟你們推薦一下，石明橋左邊第一家糕餅店不要錯過，它賣的桃花糕是最好的了！」

向熱情的司機道過謝後，安萬里率領眾人出發。

依照司機說的路線走，果然過不了多久，一行人便發現自己猶如從荒郊野外走入另一個世界。

黑瓦白牆的古式建物沿著河岸矗立，最高都不超過四層樓，有著一致感。這些建築物前還懸掛著一盞盞紅燈籠，只不過現在尚是白日，沒有點亮。

珠里鎮是河流交匯處，放眼望去，可以瞧見數條河道蜿蜒交錯，多座石橋橫跨其上，連結著不同的道路。

路邊有青碧楊柳垂曳，柔軟的長長枝條幾乎觸及水面。風一吹，就會帶動成排枝葉，在河上拂開一圈圈漣漪。

河中還能見到許多小船載著遊客，船夫戴著斗笠，撐著竹篙划動船隻。

柯維安等人站在石明橋上，映入眼簾的一切就像是一幅水墨繪卷，乍然展開。

這是一座古色古香的小鎮，假如不是來往行人穿著時裝，恍惚間，幾乎讓人以爲自己踏錯了時空。

符芍音睜大眼，雪白小臉上沒有表情，可一雙令人想到小兔子的紅眼睛亮晶晶的，比散落在河面上的陽光碎片還要耀眼。

「哇喔！」柯維安爲這美景驚歎出聲，「這比網路上看到的還要更美啊！」

一刻二話不說，拿出手機，先拍照錄影，回去就能分享給其他朋友看。

安萬里或許是最不爲所動的人了。他欣賞眼前的美景，但沒有太多觸動，畢竟他歷經太過長久的歲月，七百年的時光讓他看過太多景物。

比起風景，他更喜歡體會人際間的感情流動。對他來說，此刻在他身邊的人們，都比珠里鎮的風光還要更吸引他的注意。

「等行李放好，我們有更多時間可以好好在鎮上逛。」安萬里提醒大夥再次邁開步伐。

連假的珠里鎮，處處都是觀光客，有小情侶，也有小家庭，更有許多像柯維安他們一樣，一團年輕人結伴來玩。

柯維安就怕嬌小的符芍音不小心被人群沖散，牽著她的小手不敢放開。

「黑令，你走副會長後面，跟好他，別迷路。」柯維安吩咐。

有黑令那麼顯眼的目標在，就算他們不小心沒跟上帶隊的安萬里，還能夠靠黑令的存在來辨認方向。

在街上移動雖有些困難，但還算可以前進。珠里鎮最壯闊、同時也是著名地標的石惠橋，就讓柯維安一行人深深體會了一把何謂寸步難行的滋味。

好不容易離開了石惠橋，幾個人皆出了不少汗。

「辛苦。」符芍音擦擦額角的汗珠，柯維安特地讓她戴上用以防曬的球帽都被擠歪了。

因爲人眞的太多，撐起遮陽傘絕對不是一個好主意。

「感覺命都要去了半條……」柯維安呻吟道出大家的心聲。

幸好安萬里訂的民宿在相對人少的位置，走了一段路後，附近遊客明顯變少，起碼不用擔心行走間會擦撞到身邊人。

再繼續走將近十分鐘的上坡路，人就變得更少了，附近種植著許多樹木，空氣也變得沁涼許多。

柯維安仰頭向上看，發現就算是走到這裡，紅燈籠也一路延伸過來。

「感覺……」柯維安喃喃說，「是要辦什麼祭典不成嗎？」

柯維安想到了廟宇辦活動時，例如神明誕辰，或是神明出巡，都會掛起一排排紅燈籠。

「等等問問民宿老闆不就知道了？」一刻提出解決辦法。

「對耶。」柯維安反應過來地一擊掌，「甜心你眞聰明！」

「不是你太蠢的關係嗎？」曲九江冷笑地送來一句。

柯維安裝作沒聽見，要是事事都跟這位前室友計較，他早就被氣死了。反正只要有一刻在，就等於有人制得了曲九江。

「到了。」安萬里帶著大家在一棟三層建築物前站定。

從外觀看，一樣是黑瓦白牆的古樸風格，門前有座小院子，裡頭擺放著幾隻活靈活現的動物石雕，增添幾分童趣。

安萬里推門而入，掛在門前的竹片風鈴頓時響動起來，提醒著有客人來訪。

「歡迎光臨！」一名與其說是民宿老闆，看起來更像藝術家的中年男人從屋內大步走出。一頭長鬈髮帥氣地以羽毛裝飾綁束起來，脖子上有一圈刺青，手腕處掛著個人風格強烈的手工飾品。

「請問是豐老闆嗎？」安萬里上前一步，自然而然地接下了與人交際的工作，「我是昨天打電話訂房的安先生。」

「啊，安先生。歡迎、歡迎。」豐老闆揚起爽朗的笑容，「你們的房間已經整理好了，兩間三人房，住兩晚對吧？」

「是的，謝謝你。」安萬里笑著說。

「你們可以喊我豐叔，或者叫我豐大哥也行，哈哈。」豐老闆豪爽地說，「還是叫大哥好了，聽起來年輕很多。來，這是你們的房間密碼，我先帶你們認識這裡的環境。」

豐老闆遞給安萬里兩張小卡片，他們民宿的房間是使用電子鎖，只要輸入密碼就能開啓，方便又不用擔心會遺失鑰匙。

安萬里先負責保管，晚點他們還得來分配房間怎麼睡。

更正確的說法是，誰跟誰睡一間。

豐老闆領著眾人在民宿內走動，介紹裡頭的設備。

一樓除了接待處和辦公室之外，左邊有一間客房，右邊是公共客廳和廚房，提供住在這裡的客人使用，四周可以見到不少木雕或石雕的小裝飾品。

豐老闆說那是他閒暇時做的，如果客人喜歡也可以買回家。

一刻留意到幾隻可愛的石頭兔子，心裡有了主意，打算之後買回去給蘇染他們當禮物。

豐老闆再帶著一票年輕人走上三樓，樓道間的裝飾同樣是粗獷中透著細膩。

「晚上十點後進出記得放輕音量。」豐老闆交代著注意事項，「我大部分時間都待在一樓，有什麼問題可以找我。要是我不在，客廳那也有貼著我的聯絡辦法。對了對了，客廳桌上還有簡易地圖，我們鎮上比較知名的景點都有列在上面，美食資訊當然也有。」

「謝謝豐大哥。」柯維安馬上嘴甜地道謝，「太感激了。」

「謝謝。」符芍音的食指中指併一起，放在額角一揮，做了一個帥氣的道謝手勢。

豐老闆被小女生的舉動逗得哈哈大笑，他沒有多待，很快便下樓去，將空間留給這一票年輕人。

「好了。」安萬里推推鏡架，眸光閃過一瞬犀利，「現在有個重要的問題。」

「我跟小芍音，還有小白一起！」柯維安不等安萬里說完就急急大喊，彷彿先講先贏。

符芍音是柯維安的妹妹，兄妹倆睡一起很合理。然而一旦涉及一刻……

「小白是我的神。」曲九江眼底泛起銀星般的光芒，頭髮末梢逐漸滲染出赤紅的色彩，像是下一秒就會化作具體火焰，「神使和他的神睡一間是天經地義。」

「我只要有床睡就好。」黑令打了個呵欠，對房間分法並不在意。

「猜拳如何？」安萬里可不希望有人在這打起來，要是無端把民宿拆掉大半，修建費估計是沒辦法向公會報公帳的，「維安和九江猜拳，誰贏就跟小白一起。」

「我沒差。」一刻聳聳肩膀。

最後的結果是柯維安獲勝，他簡直想親吻自己的黃金右手，就是這隻手為他贏得了他的甜心！

曲九江看了一眼自己這幾天的室友，一張俊臉像凍了厚厚一層寒霜。

黑令一開始就不在意室友會是誰，率先拎著行李踱步走入。

「副會長。」進房前，柯維安忽然想到一個問題，「你怎麼知道要訂兩間三人房啊？」

黑令和符芍音是今天臨時加入的，安萬里預先訂房的行為簡直就像未卜先知。

該不會七百多歲了，連通靈都會了吧？

正要踏入房裡的曲九江也頓了下腳步。

安萬里只有一個回答，他勾出一抹完美的笑，「因為我是個優秀又萬能的學長。有這樣的學長，有沒有覺得很高興啊，學弟們。」

學弟們有志一同地冷酷關上房門，把大言不慚還毫不臉紅的學長關在外面。

第四章

將自己的包包往房裡沙發一放，柯維安環視一圈房內環境。

設備與布置看起來不算新，但整理得相當乾淨，一些小地方還能瞧見老闆的小巧思，多了股一般旅館沒有的人情味。

房裡有一張單人床和一張雙人床。

柯維安馬上雙眼放光，看看雙人床，再看看符芍音，重複做了幾次同樣動作，可以說是司馬昭之心，路人皆知。

沒想到符芍音自動自發地坐上單人床，兔子包包放在床上，有如在自己的地盤做記號。

「小芍音，妳難道不跟哥哥睡嗎？」柯維安頓覺晴天霹靂，一臉的不敢置信。

「女漢子，獨立自主。」符芍音驕傲地挺挺小胸膛。

「女漢子也是可以……」柯維安不肯死心，這可是千載難逢能跟可愛妹妹睡一起，多多增進感情的機會啊。

「可以你老木，你跟老子睡。」一刻宣告了柯維安這兩天的命運。

柯維安飛快轉過頭，力道之大，讓一刻都不禁擔心對方會不會扭到脖子。等到他聽見柯維安接下來的話，他就把這份擔心給踢到九霄雲外了。

「小白、小白……」柯維安撲了過去，眼中淚光閃閃，那是感動的光輝，「你果然是最愛我的！」

一刻敏捷地往旁一閃，讓柯維安撲到那張大床上。他抹了把臉，要不是擔心符芍音會被柯維安的可怕睡癖嚇到，他才不想跟柯維安一起睡。

人家小女生瘦瘦小小的，萬一睡到半夜被踢下床還得了？

柯維安假裝自己是隻魚在大床上撲騰幾下，又驀地彈跳起來，「小白，我們去樓下找豐大哥吧，跟他打聽一下鎮上是不是要辦祭典，還有那個神明的洞穴。」

「我先去洗把臉。」一刻的言下之意就是同意柯維安的提議。

身爲神使兼半神，他對那個據說祭拜著螢石大人的洞窟亦是充滿好奇。

「小芍音呢？」柯維安問道。

符芍音小幅度地搖搖頭，「熱，汗，想擦身體，等等再一起。」

「沒問題，晚點我再上來叫妳喔。小白，我們先下去。」柯維安對洗完臉的一刻說道。

一刻只帶了手機，與柯維安一塊下樓。

豐老闆就坐在他的小辦公室裡，低頭像在忙著寫什麼，一聽見靠近的腳步聲，下意識抬起頭。

「喔，是你們啊。」豐老闆咧嘴一笑，起身離開辦公室，和善地招呼兩人，「客廳坐啊，要喝茶嗎？還是要喝咖啡？」

「咖啡。」柯維安馬上選擇可以提神的那種。

「我也咖啡，謝謝。」一刻不想太麻煩人，選了和柯維安一樣的。

「行，你們等我一下。」豐老闆動作俐落，沒一會濃郁的咖啡香就從旁邊的廚房飄進了客廳裡。

「好香。」柯維安忍不住讚歎。

「要加糖或牛奶嗎？雖然我個人推薦黑咖啡最讚。」豐老闆將兩杯冒著熱氣的馬克杯分別遞向一刻和柯維安，他的手非常穩，一路走來沒有一絲晃動。

剛沖泡好的咖啡還很燙，兩人小小口地喝著，雖然帶著苦味，但不會難以入口，還意外滑順，帶著淡淡的果香。

豐老闆也端了自己的一杯過來，「你們沒要出門玩嗎？不把握時間，不少小攤和店家在七、八點就會收起來了喔，晚餐也會不好找。來，地圖給你們，你們剛還沒拿吧？」

「我們待會才要出去，想說先休息一下。」柯維安接過地圖，研究起上面的景點分布，卻沒瞧見于苗苗提過的植物園，「豐大哥，你們這是不是有座植物園？」

「嗯，對啊，你功課做得可真細，不過那邊沒什麼好玩的。」豐老闆像是不怕燙，喝了一大口咖啡，「植物園不大，也挺舊了，維護得不算太好。我自己是不建議到那邊玩啦，而且這天氣，那裡蚊子估計挺多的，你們那個小妹妹怕會被叮成紅豆冰。」

「我們一定不會到那裡的。」柯維安才捨不得符芍音被蚊子叮，至於其他過保鮮期的男人，他才不在乎，當然小白是例外。

豐老闆爲他們又介紹了幾個值得一看的地方，特色小吃也沒落下，怕他們忘記，還拿了紅筆在地圖上圈起來。

柯維安不時發出「喔喔喔」的聲音，這些都是他在網路上沒找到的。

「豐大哥，我想問一下。」柯維安提起先前讓他記掛的事，「你們鎮上好像到處都有紅燈籠，是傳統嗎？還是說有什麼活動要舉辦？」

「你說那個啊。」豐老闆笑了一下，「是我們鎮上的傳統。以前沒什麼路燈嘛，沒月亮和月亮很細的時候，就會掛起紅燈籠，作爲引路照明用，久而久之就成了習慣，現在主要是好看用的啦。晚點你們出門的時候，可以觀察一下，有些人家的紅燈籠還會弄點裝飾在上面，比誰的燈籠漂亮。」

「啊，那今天就是……」柯維安試著回想農曆日期，可惜算不出正確時間。

「初三。」一刻說。

「小白你知道？」

「初一家裡要拜土地公，初二換店家要拜拜，昨天就看見了。」見柯維安神情迷茫，一刻又說，「以前家裡初一是我負責拜的。」

「年輕人現在還知道這些，很不錯啊。」豐老闆拍拍一刻的肩膀。一刻低頭喝咖啡，他不太習慣被人誇獎。

旁邊的柯維安眼尖地瞄見一刻耳朵尖微紅，不禁嘿嘿一笑。

「笑屁啊！」一刻立即凶狠地瞪過去。

「沒笑沒笑……」柯維安努力板起一張娃娃臉，表示他很嚴肅，只不過那翹起的嘴角怎樣也拉不下來。

搶在一刻被自己笑得惱羞、攢緊拳頭的前一秒，柯維安求生欲極強地拋出新的話題，轉移對方的注意力。

「豐大哥，聽說你們鎮上有個神明的洞穴，你知道嗎？」

「你們連這都查到了？」如果說剛才誇獎他們功課做得仔細帶著一絲調侃意味，那麼豐老闆這次是真的震驚到了，「照理說這應該是本地人才曉得的……」

「你說的沒錯，的確是鎮上的人告訴我們的。」柯維安沒將于苗苗的名字說出來，「不然我們也完全不知道呢。所以是……外地客不方便去的地方嗎？」

「想太多，我們沒在計較這個的。」豐老闆擺擺手，「主要是那邊祭祀著神明，怕太多人去會打擾到祂，但是最主要還是怕洞穴環境被破壞啦。」

一刻和柯維安不得不認同，有時候環境的最大殺手就叫作人類，也可以唸作觀光客。

「不過我看你們這些小朋友都很乖啦。」豐老闆爽朗地說，「我看人很準的，你們想去就去吧，別太晚去就好。畢竟洞穴在山裡，就算現在六月多，山裡的天色還是暗得比較快，晚上危險。」

「豐大哥，那我們進去洞裡面，有什麼須要遵守的規定嗎？」

「不用不用，只要別破壞裡面的東西，基本上就沒什麼大問題了。當然你們想祭拜螢石大人也可以，雙手朝祂拜一拜就行了。等我一下，我拿個東西給你們。」

豐老闆隨手將還沒喝完的咖啡往桌上一擱，鑽進了他的小辦公室裡，再出來時，手上拿了一本小冊子。

柯維安接過一看，才發現那原來是一大張紙摺成的，紙上除了有珠里鎮的大地圖，還有許多詳細介紹。

其中一欄，就是有關螢石大人的資料。

「這張我們平常不給人的，有緣才給哈哈，你們就看那個好好研究吧。」

「那到時候能在洞裡拍照嗎？」

豐老闆被柯維安的小心翼翼給逗笑了，「你們幾個小朋友在意的事真多，挺龜毛的啊。

但這種龜毛也很不錯，照相跟錄影都沒問題，老話一句……」

「不要破壞東西！」柯維安和一刻異口同聲地說道。

豐老闆朝他們比了一記大拇指。

就在這時，竹片風鈴隨著大門被推開而晃出清脆音響。

又有人推門進來了，一併傳進屋內人耳中的，還有行李箱被拖動的聲音。

「老闆在嗎？」細細的年輕女聲問道。

接著換另外一道女性嗓音響起。

「感覺有點小耶，這地方……我們這幾天眞的要住這裡嗎？」

「看起來是還行啦，希望房間別太差。要是房間差還收費貴，我一定要客訴它。」

做民宿這一行的，豐老闆早就習慣碰上一堆奧客。反正他又不缺錢，開民宿主要是興趣，大不了不收這種客人。

對於客廳外飄進來的挑三揀四，他的眉毛動都沒動一下，還有閒情逸致把咖啡喝完，才起身出去接待。

似曾相識的聲音讓一刻和柯維安對望一眼，下意識起身跟著豐老闆走出客廳。

一瞧見進來的三道人影，一刻他們一愣。

「這也……太剛好了吧？」柯維安小聲地對一刻說。

來人不是別人，正巧就是在高鐵和公車上都碰過面的于苗苗、董郁青和袁柳。

客廳門簾一掀，待在接待處東張西望的三名女孩馬上就注意到了。

「啊，是你們！」董郁青第一眼便看見一刻那頭搶眼的白髮，驚喜地嚷道：「好巧喔，你們也住在這邊嗎？」

「你們認識？」豐老闆詫異地看向一刻和柯維安。

「同班公車過來的。」柯維安一句話說明雙方間的關係。

「有預約訂房嗎？」豐老闆按照慣例向三個女孩問道。

于苗苗咬了下嘴唇再鬆開，面上流洩一瞬的委屈，「豐叔叔，你又不是不認識我，我有沒有事先訂房你還會不知道嗎？何必還……故意問我。」

「我認識妳，但又不認識妳的兩個朋友，當然要先確認一下。」豐老闆只覺莫名其妙。

「沒有，我們沒事先訂房。」董郁青立刻上前一步回答，「是苗苗帶我們過來這的，還有空房間嗎？我們要一間三人房。」

三人？豐老闆眉梢一挑，「苗苗，妳沒有要回去住嗎？」

「我……」于苗苗一臉為難和不自在，「我還是不回去打擾他們了，我一個外人……」

「啪」的一聲，猝然打斷了于苗苗的話語。

于苗苗被嚇了一跳，再一看，才發現是豐老闆正好將一本簿子放在櫃台上。

豐老闆神色如昔，可柯維安還是敏銳地嗅出異樣。他直覺認爲，豐老闆是故意打斷于苗苗的。

但是，爲什麼？

這個疑惑像落石掉進柯維安的心湖，一晃眼便沉墜到最底下。

不管爲什麼，這都是別人家的家務事，不用他多操無謂的心。

豐老闆翻了翻記錄的本子，「三人房沒有了，但還有雙人房跟單人房……」

「不要一樓，一樓會有人一直進進出出，肯定吵死了。」不等豐老闆說完，袁柳迫不及待地搶話。

「那就二樓了。」豐老闆點點頭。

「等一下，有電梯嗎？」董郁青拉著行李箱走一路，都覺得累了。

「我們這是民宿，而且才三層樓而已。」豐老闆匪夷所思地回望過去。

「不是吧？是叫我們自己把行李扛到樓上去嗎？」董郁青瞪著面前的木頭樓梯。她才不想自己扛上去，就算只是爬到二樓也不想。

「豐叔叔……」于苗苗冀求地看著豐老闆，不時又覷向一刻和柯維安。

「妳們也可以換一樓的房間。」豐老闆提出折衷的意見，沒說要幫忙拿，也沒要旁邊的兩名男孩子出力，「不過一樓只有一間雙人房，另一間還是得上樓，或者是我介紹妳們別間民宿吧。」

「不用，這裡就行，這裡就很好！」董郁青忙不迭說道，她還希望有機會多跟那名白髮小女生和兩名帥哥接觸。

袁柳和董郁青很快達成共識。

「苗苗，妳自己一間，我們兩人睡一樓吧。或者妳也可以直接回家睡嘛，還能省一筆錢呢。」

「不行！」于苗苗急得搖頭，像是對她們的不理解感到焦慮，「郁青、袁柳姊姊，我明明在公車上說了……」

「喔……啊！」袁柳費一番勁才從腦子挖出記憶，「好像是有那麼一回事，那妳就住二樓那間嘛。」

「對啊，這樣就不用回妳家住了，也省得有人欺負妳。」董郁青摟著于苗苗肩膀安慰。

于苗苗這才展顏一笑。

這一次，一刻和柯維安都瞧見豐老闆神情微妙，還在女孩們沒發現的角度冷哼一聲。

豐老闆將密碼和房間號碼交給于苗苗她們，簡單交代了注意事項，並沒有親自領著于苗苗上樓。

待三名女孩各自去了她們的房間，豐老闆不自覺地長嘆一口氣，可隨即又想到現場還有另外兩人在。

豐老闆揉按著太陽穴，對一刻他們無奈一笑，簡單地一筆帶過，「還真是家家有本難唸的經啊……」

一刻和柯維安自然不會多加追問，那終究是屬於陌生人的隱私。

「豐大哥，你繼續忙吧，就不打擾你了。」柯維安說道。

「不會啦，我也很喜歡跟客人聊天。」見兩名大男孩準備把各自放在客廳的咖啡杯拿去洗，豐老闆連忙攔下，「杯子我來洗就好，你們早點出門去逛吧。」

豐老闆都拿著杯子繞到廚房裡了，忽然又像是想起什麼事，三步併作兩步地跑出來，喊住了要上樓的兩人。

「啊，等等！等等！我差點忘記一件最重要的事了。」豐老闆拍著額頭，感嘆自己的記憶力，「果然年紀大就容易記不住事情……你們今天出門玩，記得別太晚回來。」

「晚是指多晚？」柯維安虛心求教。

「盡量別超過十一點。」豐老闆說。

「豐大哥，是你們這有什麼夜間活動，要我們避開的嗎？」一刻不禁往這方向想。

豐老闆捏捏鼻梁，「沒有要辦活動，但後面那句話……說對了。」

一刻和柯維安頓時心中一咯噔，聽豐老闆的語氣，他們得避開的，只怕不是能用常識理解的東西。

他們的猜想很快就被證實。

「外地人可能不相信，但我還是得跟你們說。」豐老闆放下手，神情轉爲嚴肅，先前的笑意褪得丁點不剩，「今天是初三，也是月亮最細的夜晚。這一天晚上過十一點，最好就別在外面逗留，早點回來，因爲我們鎮上有流傳這麼一句話。」

給人落拓不羈印象，比起民宿老闆，更像是藝術家的中年男人居然洩露出一絲畏意。

他說：

「紅燈籠，藍光紗，三更有路別遇她。」

豐老闆的一席話，一直在柯維安腦海裡湧動，遲遲無法忘懷。直到他們出了門，來到鎮上熱鬧的地方，依舊翻騰不休。

紅燈籠，藍光紗，三更有路別遇她。

不要遇上那個不曉得從何而來，又不知爲何出現在珠里鎮上的……

藍紗女人。

藍紗女人是在一年前出現於珠里鎮，她的出沒時間有著奇異的規律性，只在農曆初三和二十七日的晚間十一點過後遊走於鎮上。

那兩天，同時也是月亮最細的夜晚。

最開始，是鎮上一個賣手搖飲的年輕人碰上的。但當時沒人將他的話當眞，只認爲他是晚上喝酒喝嗨了，醉酒產生的幻覺。

但漸漸的，有更多人親眼目睹了這個他們以爲的「幻覺」。

他們看見身形曼妙的女子披著長頭紗，在懸掛著紅燈籠的路上慢悠悠行走。那襲頭紗隨著她的走動搖曳起波紋，螢藍色的光芒在她身後起起伏伏，乍看下竟有如活物。

凡是見過的人，都描述不出她的容貌長相，只記得藍紗詭異，又美麗得令人心底發毛。

當然，如果僅僅是目擊超乎現實的存在，還不至於鬧得珠里鎮上人心惶惶，聞藍紗女人色變，甚至還有了過十一點就別在街上逗留的不成文規定。

造成一切的原因，在於只要碰上了那名女人，就會人病一場，短則一、兩個禮拜才好轉，長則數個月。偏偏上醫院還查不出病因，只能飽受不明病痛折磨，身子急遽衰弱。

豐老闆有個朋友是本地人，很早前就搬到外縣市住。從豐老闆口中得知了藍紗女人這傳說，鐵齒地不肯相信，把他的警告當耳邊風，將其他鎮民的畏怕當作愚昧。硬是不聽勸阻，在初三的晚間偷跑了出去，信心滿滿地要破解迷信，卻沒想到眞讓他遇上了藍紗女人。

然後足足病了三個月，狀況才總算好轉，從此之後要來珠里鎮找豐老闆，非避開月亮最

細的那兩天不可。

鎮上的派出所不是沒試過派人抓捕藍紗女人，可換來的是同樣下場，幾名年輕力壯的警察在接下來好長一段日子都成了病號。

根據他們所說，藍紗女人當時就像一陣神出鬼沒的煙霧，在他們眼前倏然出現，再穿過他們的身體。他們只覺得一陣冰冷竄進了四肢百骸，彷彿要讓血液一併結成冰。

等他們反應過來，藍紗女人已無聲無息地從他們眼前消失……

那絕對不是人類可以做到的事。

時至今日，藍紗女人仍在珠里鎮街頭穿梭，宛如一抹讓人心驚膽戰的鬼魅。

同時珠里鎮的人們也堅定地相信，藍紗女人一個月只會出現兩天，是因爲他們信奉的神明限制了她的行動，否則勢必會引發更大災難。

而古怪的是，倘若有外地人撞上藍紗女人，他們沒過多久就會忘了她的存在。這也是這則傳說沒有擴散出去，引來更多好奇人群的主因。

「小白，你怎麼看？」柯維安將日前得知的情報過濾了一遍，暫時難以判斷出藍紗女人的眞正身分。

是妖怪？或是鬼魅之類的存在？

「看什麼？」沒頭沒尾的，一刻哪裡知道柯維安想問他什麼。

「就是豐大哥剛才說的啊。」柯維安趕緊幫忙一刻回想。

「說什麼？」換另一人冷不防地問。

柯維安的話被打岔，他深吸一口氣，手指按著額角，接著扭過頭，一字一字地從齒間蹦出，「說……你這巨大倉鼠星人爲什麼會跟我們一起啊啊啊！」

明明他們應該是三人團體的，他、小白，再加上小芍音，左擁右抱多幸福，他簡直就是人生贏家！

然而某人的出現破壞了他的美夢。

那個人就是……

「你們出門，我也出門，有哪裡不對嗎？」黑令似乎無法理解柯維安的問題點，長臂一伸，把不知不覺差點被人潮沖散的符芍音撈回來。

個子高和手長腳長就是有這點好處，隨時可以掌握同伴的去向，免得有人迷失在茫茫人海當中。

「那你幹嘛要跟我們同路？」

「我爲什麼，不能跟你們同路？」

「當然是因爲……」好吧，柯維安說不出理由了。難道要說你破壞了我左擁右抱的夢想嗎？那下一秒他得到的絕對是來自一刻的鐵拳制裁。他又深深地吸口氣，從背包裡掏出一包東西，忿然地往黑令懷中一塞，「吃你的葵花籽，別講話了。」

等半天沒等到一句對零食的道謝或任何回應，柯維安目光如探照燈般瞪過去，「謝謝呢？好歹是我給你瓜子的。」

「你不是，要我別講話？」黑令像在困惑柯維安的出爾反爾，「眞難伺候。」

柯維安覺得自己要被喉頭湧上的一口血噎到了。

他可是最善解人意的小天使，竟然要被一個腦電波異於常人、說話偏離重點的外星人說難伺候？

他才不是，他才沒有，少胡說八道！

旁觀過程的一刻再次慶幸，要負責與黑令溝通的人不是自己，感謝柯維安犧牲。

「柯維安，所以你剛想問我什麼？」一刻差點忘記最初話題。

「就是豐大哥說的藍紗女人，小白你怎麼看啊？」柯維安眨巴著瞅著一刻。

一刻一眼就看穿對方眼中的躍躍欲試，「我可不會陪你出去找人。如果你想把自己弄生病，讓你妹妹和帝君擔心，那老子就不阻止你。」

「我只是想，眞的只是想想而已啦。」柯維安摸摸鼻子。他再怎麼好奇心重，也會視情況行動的，最起碼不能讓身邊人擔心，「不過說到擔心……小白，我覺得師父更可能會一腳把我踹出去。」

「你自己知道就好。想研究，可以。想以身試險……」一刻捏起拳頭晃了晃，意思不言而喻。

「危險事，不好。」符芍音板著小臉蛋，強調地說道。

「小白、小芍音，我就知道你們果然是愛我的！」還沒等柯維安撲向兩人，一刻敏捷一閃，符芍音更是腰一彎，從他的臂彎下跑過去。

「好像，不愛你。」黑令拍著柯維安的肩，後者有如石化了。

「符芍音？」一刻眼尖地看見符芍音這一跑，直接跑到路邊的一個小攤，他三步併作兩步地追上去，防止她無意中脫隊，「妳要買飲料？」

「哥哥，降溫，醒腦。」符芍音握著小錢包，買了一瓶強調降火氣的苦茶。

冰涼的瓶身猛地貼上柯維安的手臂，讓他差點跳起來。

「小芍音？哎，這是要給我的嗎？」柯維安感動地接過黑乎乎的飲料，「要不要和哥哥分一半？」

「不，苦。」符芍音斬釘截鐵地拒絕。

柯維安捧著苦茶，陷入了自己究竟該不該喝的為難之中。

「你可以，和我分一半。」黑令以為柯維安擔心喝不完。

「不用了，我一定會喝光它的！」柯維安毅然做下決定，他才不要和黑令分享妹妹對他的愛。

在符芍音期待的目光下喝了一大口苦茶，柯維安費了一番勁才沒讓表情扭曲。

這苦茶是用什麼做的，苦得讓他想懷疑人生。

柯維安努力繃著表情，拿著豐老闆給他們的地圖，展開了在珠里鎮上的小吃攻略。

三大一小一路吃吃吃、買買買，然後還是吃吃吃、買買買。

符芍音想買回去給符家的大大小小，柯維安是打算分給公會的一些人，一刻則是要帶給那幾個無法參加活動的好友。

黑令主要就負責吃而已，順便幫買最多東西的符芍音分擔拿袋子。

「黑令，你沒要買什麼回去嗎？」柯維安問道。

「沒有。」黑令臂上掛了好幾個一看就挺重的提袋，但他就像感覺不到重量，還能抬起手喝飲料，「買回去，老頭他們反而會懷疑，我撞到腦袋了。還可能會引起，家庭革命。」

柯維安一陣無語，再次理解到黑家人果然都是難以用常理思考。

否則黑家家主怎會到現在還在替他兒子送菊花給自己？

「算了，你沒要買的話，還能多出手幫我們拿一下。」柯維安嘴上這樣說，心裡卻有了主意。等回去民宿後，他要問看看豐老闆，看對方有沒有倉鼠的石雕或木雕藝品。

黑令什麼都沒要買的話，那就換他來送對方一個吧。

眼看眾人手上東西越來越多，下午陽光正盛，即使戴著帽子、穿了防曬的外套，皮膚還是被曬得隱隱作疼，柯維安朝一刻望了過去。

「我們先回去放東西吧，不然想再逛也不方便。」一刻說。

「然後我們就出發到神明的洞穴吧。」柯維安早就想好下一個進攻的地點。不能看藍紗女人，總可以去看另一位螢石大人。

沒人對此有意見。

爲了避開擁擠的遊客潮，他們走另一條路，雖然會多花一些時間，但路上確實比鎮中心熱鬧的老街人少。

沒了熙攘的人群，街道看起來更爲寬敞。柯維安隨意往旁一看，沒想到又見到一抹熟悉的人影。

于苗苗站在一家似乎專門販賣紀念品的小店外，低著頭，側臉流露脆弱神態，像正被面前的中年男人訓話。

一天之內連續碰上對方多次，柯維安都不禁感嘆起，這究竟是什麼緣分啊。

「停一下。」一刻伸手搭上柯維安的肩膀，阻止他再向前走。

「哎？」柯維安疑惑地回過頭，「小白，怎麼了嗎？」

「他們想買那個吃。」一刻呶呶下巴。

柯維安順勢望去，瞧見黑令與符芍音站在一個小攤前，兩雙色澤不同的眼睛正眨也不眨地盯著攤位。

明明兩張臉都面無表情，可專注的目光讓人輕易能讀出他們眼內的渴望。

若是換作文字，那麼他們的頭頂上恐怕就要飄著大大的兩個字。

想吃。

「小妹妹和妳哥哥要買一支嗎？」老闆娘親切地招呼，手上動作也沒停，繼續揉著她的麵團。

柯維安一聽還得了，連忙大步上前，好宣誓正牌哥哥的主權。

「小芍音妳想吃哪個？哥哥買給妳。」柯維安還不忘放大音量，務必讓老闆娘聽得一清二楚。

老闆娘還是笑吟吟的，心裡卻是將他們當成了三兄妹，大小照身高排。

好在柯維安不曉得老闆娘的內心想法，要不然他又想摀著胸，傷心欲絕地向一刻尋求安慰了，順便再蹭個抱抱。

符芍音和黑令想吃的是珠里鎮的當地小吃，烤白鰻。

雖然名字有著「白鰻」一詞，但實際上並不是眞的烤魚。而是將混著糯米的麵團揉成長條狀，纏上處理好的樹枝，遠看確實像是一隻捲起身體的白鰻魚。

烤白鰻有多種醬料可以選擇，看得符芍音眼花繚亂。她在符家鮮少有機會能吃這種路邊攤小吃，一時不知該選哪種好。

柯維安馬上提出主意，「不然我們都買不一樣口味，然後妳再跟哥哥交換吃好不好？」話裡還再次特別強調了自己的身分地位，他才是符芍音的哥哥。

符芍音鄭重點頭。

「小白你要什麼口味？」柯維安問道。

「原味吧。」一刻隨意瞄一眼，他在口味上沒有特別要求。

「老闆娘，那我們要兩個原味的，一個蜂蜜的，一個……」

「海苔。」黑令慢吞吞地說。

「好喔，你們稍等一下，現烤需要點時間。」老闆娘笑著應下，熟練地將四支白鰻放到烤爐上。

等待的時間裡，柯維安下意識又看了眼于苗苗的方向。他對管別人的家務事沒興趣，但不妨礙他的八卦之心。

神使的感官靈敏度異於常人，即使他並非有意聆聽，于苗苗和那名中年男人的對話還是往他的耳朵飄進。

「苗苗，妳這次也沒要回來住嗎？」

「我……我不想打擾你們……」

「妳這孩子在說什麼傻話，一家人說什麼打擾不打擾的？下次妳可以帶朋友直接過來住，還能讓她們省旅館錢。」

「你爲什麼要強迫我朋友過來住，她們也有選擇的權利啊，我明明都是爲了大家好……」

「苗苗？」

「我要先走了，我朋友還在等我……連假結束我就回學校，也不會給你們添麻煩的。」

「什……等等，苗苗！」

無視中年男人的叫喊，于苗苗眼眶泛紅，轉頭就跑，全然沒發覺柯維安他們的存在。

「……好像看了一齣家庭連續劇。」柯維安摸著下巴。

「你管人家。」一刻也聽到那番父女對話，他大掌扣上柯維安的腦袋，將他的臉轉回來，「偷聽也別那麼光明正大。」

「我哪有偷聽？」柯維安爲自己喊冤，後面幾句話明明是對方拉高了分貝，換作是一般人，都能聽見。

下一秒，就換忙著烤白鰻的老闆娘扭頭朝屋內喊，「喂，姓楊的！你出來一下，隔壁家的又來了，你再去替人家開導開導！」

「什麼姓楊的，不能喊得溫柔點嗎？」理著平頭的老闆從屋內走出來，他撓著後腦勺，

「我妳老公耶。」

「我你老婆。」老闆娘翻翻白眼，舉起夾子，「叫你去就去，省得老李又要鬱卒。」

「又不是沒跟他說過，他那女兒就是……」楊老闆嘀嘀咕咕地往鄰近的紀念品店走去，叫住愁眉苦臉、想走回店裡的中年男人，「苗苗又回來了啊？」

「剛又走了……」中年男人從口袋掏出菸來抽，「要來一根嗎？」

「算了。」楊老闆拒絕，「不是我要說，你們那個女兒到底是怎麼回事？」

「苗苗她……她大概還是想著她過世的家人吧。」中年男人嘆口氣，「畢竟我們收養她時，她年紀較大，記的事多了，我也不強求她一定要接受我們。」

「不接受就不接受，說到底也不是親生的，她要這麼想是隨便她沒錯。但一天到晚擺出你們都欺負她、對她不好的臉是怎樣？搞得別人還以爲你們虐待她了。這些年明明是你們夫妻辛苦把她養大！」不說還沒事，一提起這個，楊老闆就爲自己老友深感不值，「每次帶朋友回珠里，有家也不回，硬要跟朋友去住民宿，活像是家裡有什麼洪水猛獸……這次也一樣吧？」

「孩子大了，我也不曉得她在想什麼，就隨她去吧……我以後也不會再多過問了。」中年男人搖搖頭，似乎不想再多談這個話題。

楊老闆陪著他在店門外站一會，還是伸手向對方討菸了。

兩名中年人就這麼一聲不吭地抽起菸來。

聽完全程的一刻得承認，柯維安方才的評語還眞沒錯——簡直就是一齣家庭連續劇。

「小白，你猜誰說的是眞的？」柯維安壓低音量。

「我又不是當事人。」一刻聽聽就算，懶得多理會。

「來，你們的好了。」老闆娘將烤好的白饅逐一交給一刻等人，「小心燙喔。」

表面被烤得淡淡焦黃的麵團散發著熱氣和麵粉香氣，尤其是淋上蜂蜜的那個，香甜的氣味更是一下衝進鼻腔裡，勾得人食指大動。

符芍音怕燙，先舔舔上面的蜂蜜，再小心地咬一小口。

柯維安看著小女孩滿足彎起的紅眼睛，心裡頭也像淋上一層甜滋滋的蜜糖。

幾個人邊走邊吃，步調悠閒地往民宿方向走。

一刻吃東西的速度快，一會兒手上就只剩一支空蕩蕩的樹枝，「對了，柯維安。」

「嗯？」

「我記得你本來是想找胡十炎加入吧，怎麼後來換成學長了？」

「誰讓老大有重要活動要參加，碰巧狐狸眼的也在，他說他對我們的男子聚會感興趣，所以今天小白你們才會看到他。」

「唔……」比起胡十炎，一刻倒是更願意見到安萬里加入。

不為別的，只為胡十炎在行動上難以捉摸，一向說風是風，說雨又是雨，把別人的雞飛狗跳當成自己的娛樂。

說老實話，一刻有時候都覺得胡十炎這個人挺棘手的，他不擅長應付。偏偏對方彷彿吃準他的心態，他到公會去，十次裡面有好幾次都會被人叫到跟前，被對方惹得氣急敗壞。

「說到狐狸眼的……」柯維安咬掉最後一口烤白鰻，一臉深思，「我好像忘了什麼重要的事，這感覺在我昨天去公會的時候似乎也有過。」

「什麼？」符芍音抬起頭看他。

「我直覺是攸關我的人身安全。」柯維安絞盡腦汁地回想，然而記憶中翻找不出相關線索，「不行，真的想不起來。」

「別怕。」這些年來，黑令學習到不少新知識，其中安慰朋友這一項，他自認做得很不錯，「出事的話，會幫你埋。」

柯維安才不想知道那個「埋」，是要埋什麼，他皮笑肉不笑地使出大絕招。

吃他的葵花籽啦！

第五章

民宿的三人房裡，尚稱得上寬敞的窗台邊放置著一張布藝沙發。

安萬里就悠悠閒閒地躺在那邊看書，曬著溫暖的陽光，一雙長腿擱在沙發扶手上。

這場景好看得就像是一幅畫，讓人不忍出聲破壞。

只可惜撐不到十分鐘，反倒是畫中男主角自己先爬起來，改坐到陽光照不到的地方。太熱。

端午連假的陽光毒辣起來真不是蓋的。

安萬里如今是使用擬殼，不復以往能夠自我調節溫度。再繼續坐在那張沙發上，他還真怕不小心把這具和普通人差不多脆弱的身體給烤熟了。

早先一刻曾傳訊，詢問他要不要一起出去逛逛。

安萬里參加學弟們舉辦的男子聚會，原本打的主意的確是想和他們多培養感情，但一路走來碰上的誇張人潮讓他果斷打消計畫。

他是預想過珠里鎮會很多人，但沒想到人多到像要淹出來。假如橋上的人不小心都落進河裡，那畫面估計就跟下一鍋餃子差不多。

反正都一起搭車、一起進到民宿，那四捨五入一下，也算是體驗過男子聚會了。

抱持著相同想法的不只安萬里，還有同樣窩在房間裡的曲九江。

曲九江討厭天氣悶熱，討厭陽光太大，討厭人多。如果真的一條條列舉出來，可能寫個三天三夜都寫不完。

但不代表他討厭參加這個活動。

曲九江躺在床上假寐，對房裡其他動靜毫不在意，直到他放在枕頭邊的手機嗡嗡震響。

他接起手機一看，打電話過來的人是楊百罌。

「喂，幹嘛？」語氣還是一貫的冷冰冰，可只要仔細觀察，不難發現裡頭多了不曾對他人展露過的溫和。

楊百罌只想問一件事，「你和小白出去玩了？我看群組裡講的，所以安學長一早才會過來把你拎走嗎？」

「我沒有被拎。」曲九江不悅地糾正。

「你那時沒說是跟小白。」楊百罌才不在意自己弟弟是被拎還是被扛。

「說了妳也不能來。」曲九江閉著眼講電話，「這是男子聚會，妳是女的。」

「芍音也是女孩子。」楊百罌一針見血，她可是有看見柯維安在群組貼的照片。

「那小鬼說她不是女的，我沒興趣跟一個小矮子計較。」曲九江毫不心虛地扭曲了符芍音當時的意思，「照片會替妳多拍。還有，我也會幫妳跟老頭子買土產，不用謝我了。」

曲九江沒點出會拍誰的照片，但這對姊弟心知肚明。

將手機往旁隨便一放，曲九江睜開眼，盯著天花板的圖案，心裡盤算起得買什麼回去。出去外面人擠人他覺得很煩，不過說出的話他當然會做到。

「芍音是說她是女漢子。」安萬里笑咪咪地為符芍音平反，「沒說自己不是女的。」

「反正在我眼裡，她也不像女的。」曲九江漫不經心地說，「像一根前平後平的四季豆，我有說錯嗎？」

「那你就更應該認識認識蒼井索娜。」安萬里真摯推薦，「從剛出道的片子到前幾天發售的超白金版本紀念特集，我都收集得很齊全。任何你想得到的姿勢幾乎都有，絕對滿足廣大男性的幻想、妄想、夢想。九江學弟，來一片如何？」

安萬里說得像是在向自己的學弟推銷學術性讀物。

曲九江的回答是手臂上燃起緋紅色的烈火。

「我理解你的意思了，九江學弟，看來蒼井索娜的等級太高，讓你一時無法敞開心房去接受她。不然這樣如何，先從其他的入門款看起好了。」安萬里舉起自己剛才在看的書，「『魔法少女★小褲褲防衛戰』全系列，可以當單元劇看，不管從哪一本開始都不會妨礙閱讀，充滿著許多不同類型的美少女們。」

頓了頓，安萬里愉快地補充。

「噢，還是由男孩子們變成的美少女，說不定會讓有外表改變經驗的學弟你產生共鳴。」

安萬里提及的是之前到無憂鎮執行委託任務那時。

爲了讓任務順利，開發部弄出新產品，讓一刻、柯維安和曲九江的外觀，映在他人眼中就是三名風格迥異的美麗少女。

燃動著高溫的火焰化爲箭矢，飛速直衝向安萬里。

以雙方距離來看，安萬里沒有時間唸出他習慣引用的書籍句子，於是他決定就……不引用了。

反正那主要也是裝腔作勢用的。

搶在炎之箭撞上安萬里手上的書之前，一面泛著淡白光芒的光壁平空升起，攔截曲九江的攻擊。

即使妖力不再如完全體時期強盛，安萬里終究還是活了七百年的大妖怪，擋下鳴火的火焰對他來說還稱不上是難事。

但或許也是太過自信了，以至於安萬里沒留意到潰散的火星沒有全數消隱。等到他解除防護，火星瞬間從地面彈濺起來，轉眼將他抓著的書燒去大半。

安萬里看著剩下不到三分之一的書本殘骸，呆了一會後露出無奈笑容，同時深切體會他和學弟之間的心之藩籬實在太高太高，他還得更加努力打破才行。

果然下次還是直接拿索娜天使的出道作給九江學弟吧。

倘若柯維安此時在場，並且聽見安萬里的心聲，他會嘖嘖地搖頭大嘆：副會長，你這行為根本是標準的在找死邊緣反覆試探吧。

「學弟，別忘記把地上的灰燒乾淨，不然我會跟小白說喔。」安萬里溫柔地給予提醒，他不想要一個會踩得髒兮兮的房間。

地板上散落的灰燼在下一刹那徹底消失殆盡，房間恢復最初的乾淨。

曲九江倒回床上，不想再多搭理名義上是他們學長，實際上早就不知留級多少年的安萬里。

黑髮男子毫不介意室友的冷落，他起身到包裡翻出另一本書，正好就是柯維安昨日到公會歸還的那本推理小說。

他捧著書坐下，修長手指翻開了第一頁、第二頁，然後是人物介紹頁。

安萬里臉上幾乎萬年不變的笑意在瞬間凝固住，書裡的一個名字被人用紅筆圈了起來，再拉出一個箭頭。

箭頭旁邊寫著四個大字。

他是凶手。

他是凶手
?

安萬里將書闔上，摘下眼鏡，捏捏眉心，表情恢復一如以往的風平浪靜。

「九江學弟。」安萬里將還沒讀就被爆雷爆光的書放到一邊，「你有興趣跟學長一起去特訓一下嗎？」

「特什麼訓？」曲九江掀開一隻眼。

「嗯，如何能夠更痛快地欺負我的另一個學弟，也就是你的室友B。」安萬里雙手交握，瞇細的眼眸染成一片深不見底的碧綠，唇邊是揚起得恰到好處的溫雅弧度。

套句柯維安私下嘀咕過的話，好一個衣冠禽獸、斯文敗類。

「除此之外，我還能夠幫你挑禮物，要相信優秀學長的鑑賞力喔。」

午後陽光曬得人頭昏冒汗，但依舊阻止不了觀光客的遊興。

最大、也是珠里鎮最具代表性的石惠橋，此刻更是進行人潮管制。三名義交站在橋的兩端和中間，不時吹著哨子，催促橋上的人加快速度，不要在上面逗留拍照，以免造成阻塞。

袁柳和董郁青在路邊等人。

約好的集合時間過了十來分鐘，卻遲遲沒看見于苗苗出現。

「苗苗在搞什麼啊？」袁柳雙手環胸，腳尖不耐煩地在地面踩著拍子，「怎麼還不來？」

「不知道啊，不然妳打電話問吧。」董郁青頭也不抬地說。

她站在陰影下，專心刷著IG上的動態，時不時給人點按愛心，當然也沒忘記在底下留言，以俏皮可愛的語氣請求互相追蹤，好藉此增加自己的粉絲數。

「就是打了沒人接。」袁柳沒好氣地說，「換妳打看看，說好約在這邊碰面的……」

「哎唷，她不是說要回家一趟嗎？說不定不小心聊得久一點了。」董郁青刷完動態，本想來張自拍，向粉絲介紹自己正在珠里鎮。可看著面前堪稱萬頭攢動的景象，登時沒了拍照的欲望。

拍起來不美的照片，她一點也不想放上網路。

「大不了我們就自己先找地方去拍嘛。」

「袁柳姊姊！郁青！」于苗苗的喊聲驀然傳出，她奮力從擁擠的人潮中擠了出來，一頭鬈髮都有些凌亂了。她小跑步地跑向兩人，連聲道歉，「不好意思，妳們有等很久了嗎？我不是故意要遲到的，我也沒想到回家一趟，會……」

于苗苗擠出一抹苦笑，把剩下的語句全嚥回肚子裡，沒再多向兩名朋友抱怨。

但足以讓董郁青和袁柳自己往下聯想。

「苗苗，妳又被家裡人……欺負了嗎？」董郁青小聲地問。

「就說妳應該讓我們陪妳一起回去的，偏偏不要。妳喔，怎麼那麼笨。」袁柳像恨鐵不成鋼地伸手戳戳于苗苗的腦袋。

于苗苗細聲地說，「但妳們和我一起回去的話，就會被一起……」

「啊！」董郁青忽地大叫，她IG上追蹤的一個網紅發了新動態，「這個冰淇淋，好可愛！而且她的標籤是寫珠里鎮！」

「什麼？讓我看一下。」袁柳趕緊湊過來，「難道這個小C也在珠里鎮嗎？」

「好像不是，她是前天來的。」董郁青快速掃過文字說明，「苗苗，妳知道這冰淇淋嗎？我們也想拿它自拍。」

「苗苗肯定知道的嘛，她可是在這住了好幾年的人。」袁柳信心滿滿地說道：「苗苗，妳快帶我們去有賣這個冰淇淋的店吧。」

「走走走，我們快走。」董郁青興高采烈地挽住于苗苗的手臂。

「啊，好的。」于苗苗接過董郁青的手機一看，確認冰淇淋的店家所在，「我們先往那邊走……不好意思啊，郁青、袁柳姊姊，我剛不應該說起那些讓人掃興的事，讓妳們還多替我擔心了。」

「妳說哪個？」袁柳早不記得她們上一刻的話題是什麼，「算了，估計也不重要啦，我們先快到那間店去。」

「沒錯，不重要的事就別管那麼多，重要的是之後還有很多地方要去呢。」董郁青拿出鎮上地圖，來這之前她們多少也做過功課，熱門拍照處的幾個地方都有用紅圈標出來。

而地圖上用藍圈標出來的，則是于苗苗提議的私房景點，大部分外地遊客不會知道。

董郁青和袁柳來珠里鎮主要就是爲了拍網美照，好替自己的IG再賺一波人氣。

不管是熱門的或冷門的，她們打算交錯攻略，一整天瘋狂地大拍特拍。

有于苗苗這半個當地人帶路，她們得以避開過於壅塞的道路，率先來到董郁青想去的小商店。

不愧是在IG上流行的網紅名店，店裡已是一片黑壓壓的人潮，像要淹到店外。

「哪個?哪個?」董郁青突破人牆，趴在冰櫃前，睜大眼睛，努力搜尋不久前在網路上見到的冰淇淋。

「我來找比較快。」于苗苗自告奮勇，果然很快就找到她們的目標。

那是一支藍色和粉橘色交錯的聖代。

董郁青和袁柳歡呼一聲，馬上再找個人少點的角落。她們輪流拿著手機，和聖代一起拍照，拍完了不忘檢查照片成果，就怕沒拍到心目中的美照。

櫃台前的店員忙著幫大排長龍的顧客結帳，忙得沒時間留意周遭動靜，自然也沒有發現到幾名女孩子在角落的行爲。

「啊，我光線抓得不好，拍起來都太暗……」董郁青懊惱地說，「我要換個方向拍。」

「這支冰好像在融了耶。」袁柳說，「再換一支新的拍吧，苗苗也沒拍到吧？」

「食物還好，我比較喜歡拍風景的。」于苗苗穿過人群，將半融的聖代放回冰櫃，又找了一支新的聖代出來。

董郁青總算拍到滿意的照片，「大功告成，我們走吧，換下一家！」

三人把冰丟了回去，離開小店，前往下一個目的地。

下一個地點是于苗苗推薦的服飾店。

那裡販售的是珠里鎮特殊手藝染出的印花衣物，美麗的碧色在布料上勾勒出各種圖紋，讓人眼睛爲之一亮，被稱爲碧染。

碧染的原物料是當地盛產的碧草，再經過各種繁複加工，花費的時間與心力相當大，因此定價也偏高，店內客人自然相對稀少。

「我的天，搶錢吧……」袁柳也看見了價格，那是一個讓她咂舌的數字，「不過是塊染色的布，也太扯了。」

「老闆娘，可以試穿嗎？」董郁青看得目不轉睛，也想買一件回去，但衣服上的售價標籤讓她一看就打消了念頭。

得到老闆娘同意，董郁青和袁柳馬上將她們看上的衣服一件件拿下來，進更衣室試穿。

每換上一件，她們就在店裡自拍，直到全部試穿過一輪，才毫不在意地把所有衣服再堆在櫃台上。

「我們再考慮考慮，有想要的話再回來買。」董郁青笑嘻嘻地說。一間、兩間、三間，地圖上用紅筆、藍筆圈出的景點逐一被打上叉叉，代表她們攻略完畢。

「哇，拍好爽！」董郁青邊走邊滑手機，看著自己穿上碧染洋裝的照片，「那個碧染拍起來眞好看耶，怎麼穿怎麼美，就是貴得有夠誇張。」

「我也不知道爲什麼會那麼貴。」于苗苗附和，「但衣服很好看，我知道郁青妳們一定會喜歡。」

「嗯嗯，超喜歡的。」董郁青開心地笑，「雖然試穿挺花時間，不過總算把我喜歡的都拍完了，也沒花到錢。」

「喂喂，妳們看，那座院子！」袁柳突地眼睛一亮，一把扯住要轉彎的董郁青和于苗苗，要她們往另一個方向看過去。

董郁青忍不住也「哇」了一聲。看多了同一種復古風情後，突然撞進眼中的景象，簡直讓人大大地驚艷。

那是一片繁花盛開的花圃，繽紛燦爛地點綴在黑瓦白牆的小屋前，就像是黑白色的水墨畫裡倏地滴進了鮮明的色彩，讓一切跟著鮮活起來。院子外還有一圈圍籬圍著，出入口是一扇半人高的木門板。

「眞想進去拍，不知道裡面有沒有人？」董郁青在外探頭探腦，看不出屋主是否在家。

「現在肯定沒人。」

「苗苗妳怎麼知道？」

「這裡是豐叔叔他家，我記得他是一個人住。」

「豐叔叔？我們住的民宿的老闆嗎？」

「嗯，豐叔叔晚上才回來，其他時間主要都是待在民宿裡。」

「意思就是我們可以溜進去拍了，對吧？」董郁青心下一喜，迫不及待地推動木門。門板紋風不動，看樣子是上鎖了。她乾脆抬腳跨過去，進入別人家的院子裡，「袁柳姊姊、苗苗，妳們也進來啊！」

就如董郁青所想的，在這漂亮的院子裡，搭上明亮金澄的日光，照片怎麼拍都好看。

袁柳還在院子後發現一棵大花紫薇，紫紅色的花朵開得艷麗奔放。她個子高，輕易就能和垂下的花朵合照。

董郁青就不行了，她踮起腳尖，發現沒辦法同時讓花和自己的臉蛋入鏡，只好伸長手，把其中一根樹枝往下拽扯，讓花朵順利進入到她的鏡頭中。結果一不小心力道太大，樹枝「啪」地被折斷一截。

董郁青也沒放心上，隨便找個地方就扔了，「苗苗，再來我們要去哪？」

「這個時間點……」于苗苗抬頭看了下天色，「去神明的洞穴應該還來得及，我們可以去那邊走一圈。在外面吃完晚餐後，就回民宿休息，隔天再去其他地方玩。」

「這樣感覺晚上都浪費掉了啊。」袁柳提出反對意見，「晚上也很適合夜拍耶。我看網路上說這邊晚上沒什麼遊客，就不用擔心一堆人亂入鏡，也不用回去還得自己修圖。」

「我都可以。」董郁青自認很隨意，「我比較希望能跟那個白頭髮小女生，還有個子很高的那個灰頭髮男生拍照，如果能跟那個褐髮的超級帥哥拍就更好了。」

「嗄？妳還想跟那個灰頭髮的拍喔？他脾氣有夠爛的耶。」袁柳大驚小怪地嚷，「就算他帥……好啦他是很帥，可是我一點都不想要再跟他講一句話。」

「我又沒要跟他講話，我只想跟他拍照而已。」董郁青聳聳肩膀，「反正到時候找機會就是了，他不給拍的話，大不了再偷拍就好。」

袁柳也被說得心動了，但她有另一個更好的主意，「先別管能不能拍到那三個人……欸欸，我剛忽然想到，民宿老闆晚上就會回去他自己家對吧？那我們可以趁機到屋頂上面拍照啊。」

「屋、屋頂？」于苗苗吃驚地睜大眼睛，「袁柳姊姊，妳說的屋頂是……哪邊的？」

「當然是我們住的民宿。」袁柳理所當然地說。她扳著手指，為她們細數好處，「晚上老闆不在，其他客人也不會管我們在幹嘛，溜到上面會很順利的。我有注意到，我們住的民宿位於鎮上較高的位置，從屋頂拍下去，可以把鎮上夜景都拍進去。妳們想想看，夜晚的紅燈籠耶，還是一整片的那種。」

「但會不會太危險？」于苗苗還是有些猶豫。

「我們小心點就好了。」董郁青被說得心動，「而且民宿屋頂下其實還有一層天台，屋頂又比較小一點，實際算起來就是半層樓的高度差。要是沒有梯子，我們就拿房裡的椅子上去。」

「梯子嗎？民宿後院好像有……」于苗苗回想著，「我上一回來時有看到。」

「那不就得了？」袁柳作結地一拍手，「我們到時再決定幾點行動。」

「十點半如何？」于苗苗說，「我們先在屋頂上拍一拍，然後再到鎮上去拍。今晚十一點後，街道上就幾乎不會有人。」

「因爲那個什麼紅燈籠、藍光紗的傳說嗎？眞不敢相信現在有人會相信這個。」

「一聽就是在唬爛嘛，要是眞出現的話，我倒是很想親眼看一次呢。」

「把她拍下來，傳到IG上！」

「哈哈，就這麼說定了。」

「還有白髮小女生他們也別忘記呀，苗苗。要是妳剛好看見他們，記得幫我們拍喔！」

董郁青她們口中惦記的符芍音和黑令，此刻剛回到民宿不久。

他們一行人回來主要是先放東西，接下來才要再前往神明的洞穴。

而從豐老闆的口中，他們才知道安萬里和曲九江不久前結伴一同出門了。

柯維安露出目瞪口呆的表情，還以爲自己聽錯。

安萬里跟曲九江……一起？

這組合聽起來是大凶吧！

「小白，我是不是在作夢？」柯維安喃喃地說，「室友C和狐狸眼的居然會湊一起？這是世界末日嗎？還是世界要毀滅了？」

一刻沒有回答，他同樣處於震驚狀態，一時半會無法回神。

「世界末日，和世界要毀滅，是一樣的意思，你應該再換一個詞。」黑令幫忙將袋子提到一刻他們的房間。

「天下紅雨。」符芍音馬上爲柯維安提供新說法，有點得意地昂起小腦袋，「太陽從西邊跑出來。」

「聽起來都很符合我跟小白現在的心境呢……」柯維安乾巴巴地說，「小白，你說他們會不會在路上就……呃，相殺起來？」

「你問我，我問誰？」一刻抹了把臉，感覺肩上突增無形的壓力，「老子只希望別哪邊發生森林大火就好。」

這把他整個人都賣了也賠不起！

「小白，你要對你的神使有信心。」

「如果這句話你不是抖著聲音跟我說的，相信會更有說服力。」

東西放好，四人走出房間，房門一關上就響起電子鎖上鎖的嗶嗶聲。

聽見樓梯上腳步聲的豐老闆探出來，多做一次叮嚀，「記得晚上十一點前要回來啊，不要在外面逛。」

柯維安比出沒問題的手勢，還送上一枚大大的笑臉。

午後的紫外線依然強烈，由於要去的地方位於平時沒什麼人煙的植物園後方，符芍音把球帽還給柯維安，自己撐起了小陽傘。

柯維安按著地圖走，順便爲大家唸出神明洞窟的介紹。

「會被叫作神明的洞穴，是因爲裡面祭拜著螢石大人。相傳很久很久以前，後山……也就是我們等等要去爬的那座山，曾經發生一次嚴重的土石流。但奇異的是，有一顆巨石在滾下山後，就屹立在民宅前方，成爲一道天然屏障，保護了鎮民，給予他們充足的撤離時間。那場災難，奇蹟似地沒有傷亡。」

「珠里的人們將巨石視爲神明的化身，認爲是神明保佑了他們。經過鎮上討論，他們決定供奉神明，但巨石體積過大，難以移動。鎮長在巨石前擲筊，順從神明的旨意，切割下部分石頭，搬移到後山洞穴裡。從此那邊就被鎮上的人稱爲神明的洞穴，神明也有了名字，被稱爲螢石大人。」

柯維安將地圖傳閱出去，照片裡的螢石大人就是一顆半人高、圍繞著一圈白繩的藍灰色石頭。

「這石頭的顏色，還挺特別的。」一刻說。

「會發光。」符芍音指著地圖上的一行註解。

「所以才會叫作螢石大人啊。」柯維安恍然大悟。

「還有蟲。」黑令天外飛來一句，三道目光立刻轉向他。

黑令拿著地圖，「洞穴裡，有蟲，很多很多蟲。」

「等等，眞的假的？」柯維安聽得都要起雞皮疙瘩了。怕自己被黑令說話的慢步調急死，他搶過地圖，發現是自己漏看的背面有提到，「神明洞穴裡的噬光蟲是藍光蟲的變種，亦是桃華市的特有種……」

「藍光蟲是什麼？」一刻第一次聽說。

「我記得是種會發光的蟲，跟螢火蟲好像有點像。」柯維安靈活地單手上網，「我拜請一下估狗……啊，有了有了！網路上說是種會吐出絲線的蟲子，絲線裡含有磷的成分，碰上氧氣會產生藍光，所以才會叫作藍光蟲，發光的場景又被稱爲藍色星空。至於噬光蟲……」

「地圖給我。」一刻看不下去柯維安手忙腳亂的模樣，換他來唸出說明，「噬光蟲是藍光蟲的變種，外表和藍光蟲極像，但不畏懼光線，反而會藉著吸收光來儲存熱量，使身體也能夠發出藍光。大部分時間會躲藏在洞穴縫隙或頂端處，吐絲的頻率不高，運氣好時能夠看見絲線如發光珠簾從石壁上垂下。」

「聽起來眞像太陽能板。」柯維安說，「我剛還找到藍光蟲的樣子，簡單來說……就是蛆吧。」

「等等，牠不是螢火蟲的……同伴之類的嗎？」

「不是喔，牠的學名是光菌蠅。小白你應該知道吧，蒼蠅的幼蟲是什麼？」

「……蛆。」

「而光菌蠅只有幼蟲時才會發光，所以以此類推，嗯……」柯維安沉痛地做出總結，「藍色星空說穿了就是一堆蛆，吐出黏液在發光。」

「我謝謝你把夢幻感全破壞光了。」一刻面無表情地說。

「呃，好像是耶……」柯維安乾笑，「小芍音怕蟲嗎？我們等等要去的地方，可能會看到……不少蟲子。」

「不怕，敢打蟑螂。」符芍音回答得鏗鏘有力，稚氣的聲音迴響在山道間。

繞過植物園後，柯維安等人就進入了後山。不須特別找方向，依循著經人特意整修過的道路，就能一路走到神明的洞穴。

蔥蔥碧翠的山林間，不時吹來徐徐涼風，空氣清爽，令人在呼吸間便覺心曠神怡，彷彿把炙熱的溫度和吵雜的喧囂隔絕在外。

「真該早點來這邊走走的……」柯維安伸了個懶腰，「山裡果然容易讓人心情變……噫啊啊啊啊！」

一個轉彎後，前方霍然進入眼內的兩抹人影讓柯維安的悠閒感歎瞬間成了尖叫。聲音裡透出的驚恐程度，活像他撞見了一個謀殺現場。

驚人的高分貝驚動了林間棲息的飛鳥，引起一陣啪啦啪啦的拍翅聲。

柯維安的尖叫不光嚇到他身邊的人，連帶讓前方人影也猝然回過頭。

柯維安敢用黑令在吃的葵花籽發誓，曲九江射向自己的目光，是有如在看一隻螻蟻般的死亡凝視。

啊，感覺下一秒就會跟這世界說再見了……

「我操！」饒是平時在小朋友面前會顧忌的一刻，被柯維安崩潰一喊，髒話頓時被震得一口氣飆出來，「你他媽是在尖叫三小！是看到有人在殺人放火嗎？」

柯維安可憐兮兮地轉過頭來，「比那還可怕啊，小白……」

「是曲曲和萬里大哥。」樹蔭多，符芍音便收起她的陽傘，神色平淡，絲毫沒有被一刻的飆罵嚇到——以前奶奶生起氣來比這可怕多了。

「小芍音，妳對他們的稱呼有著超明顯的差別待遇。」柯維安顧不得爲曲九江他們的現身大驚失色，趕緊向符芍音殷殷教誨，「而且妳不能喊副會長大哥，他都一把年紀了，應該要喊他叔叔……啊，或是爺爺也可以！」

「柯維安，學長在你後面看你。」一刻情緒平復下來，決定發揮僅剩不多的同學愛，「他看起來有點火。」

「我又沒說錯……」柯維安嘀咕地抱怨，一回頭，險些飆出一陣驚人尖叫。

就算一刻事先提醒過安萬里在自己後頭，但柯維安以爲雙方之間還存有一段距離；他壓根沒想到，那個距離……赫然是近得差點讓他一頭撞上安萬里！

柯維安緊閉嘴巴，奮力地把湧上喉頭的驚喊吞回去，憋得一張娃娃臉都紅了，半晌，他張口喘了一口大氣。

「我、我的天啊……副會長，你要嚇死我了……我對過期男人真的沒興趣，你別忽然靠我那麼近啊。」

「維安，我們認識那麼久了，我以爲你知道我的審美能力一向很高。」

「……爲毛這話聽起來像在損我？」

「把你句子裡的疑問詞拿掉，就是正確答案。基於你方才對我的評語，我想我該做點回報，例如我可以推薦小白晚上把你綁起來塞進浴缸裡，就不會有睡相擾人的問題了。」

「啊哈哈，還是求你別回報了……眞的。」

無視柯維安哭喪著臉，安萬里面向一刻幾人則是溫和的，「小白，你們這是要去……」

「神明的洞穴。」一刻眼尖地發現安萬里和曲九江身上有些打鬥過後留下的痕跡，「學長你們呢？你和曲九江是要……」

「剛去稍微活動一下。」安萬里微笑著說，「既然都碰到了，就一起去那個洞穴看看吧。九江學弟，你覺得呢？」

「隨便。」曲九江愛理不理地說。

於是四人小隊就這樣變成了六人小隊。

神明的洞穴還有個別稱，叫作螢石之窟。從名字上來看，就能看出螢石大人在珠里鎮民心目中的重要地位。

順著木板棧道再往前走個十來分鐘，螢石之窟就出現在眾人眼前。

從外觀看，那是個平凡無奇的洞穴，洞口高度大約一個成年人高。

以黑令這超出平均標準的高個子，想進去還得要低下頭，否則腦袋就會撞上岩石。

這時候，柯維安難得慶幸自己的身高，起碼他不用千辛萬苦地貓著腰前進。

最年長的安萬里自然攬下了領隊責任，由他走在最前頭開路。眾人腳步聲在洞穴內形成回音，朝著四面八方擴散出去，又從四面八方反射回來。

足音彷彿永不會消退地環繞在周邊……

「裡面好涼啊。」柯維安發出感慨，「小芍音會冷嗎？」

「不會。」符芍音說。

「小白呢？」

「不會，你話眞多。」

「我會。」

「黑令你話眞多。」

沒理會後方猶如低年齡層的鬥嘴，安萬里踏著穩健步伐繼續往前。洞窟比預期的還要深，越往內走，空間也逐漸變得寬敞，走道的高度也漸漸增高。

這讓在場身高破一百八的三名男性總算能好好直起身走路了。

等到眾人來到洞窟最深處，臉上皆忍不住出現片刻的愣怔。誰也沒想到，地圖上說必須碰運氣才能看到的藍色星空，竟然就這麼猝不及防地映入了他們眼中。

比起從洞頂裂縫處射進來的陽光，從石壁上垂落下來的絲絲螢藍才真正叫作耀眼奪目。發光的幽藍色黏液延長成絲線，懸墜在柯維安等人眼前，宛如大片發光珠簾等著他們伸手輕輕撥開。

而散布在幽暗壁面和岩石頂端的點點螢光藍，更是完美地詮釋了何謂藍色星空。

這一切都美得讓人目眩神迷，柯維安屏著氣，深怕自己發出一點過大的聲音，都會打碎眼前的如夢似幻。

「看到蛆了。」黑令缺乏人氣的聲音將柯維安的神智驟然拽回。

「什……什麼蛆？」柯維安傻愣愣地問

「你們之前說的。」黑令似乎不被美景所惑，改低頭專心拆著棒棒糖的包裝紙，那糖還是他趁機從柯維安包包裡摸出來的，「一堆蛆，吐出黏液發光，就是指這個，對嗎？」

黑令的一席話猶如一盆澆下的冷水，一口氣把所有的夢幻氣氛破壞殆盡。

「……我謝謝你的提醒啊。」柯維安有氣無力地說。

「不用謝，朋友該做的。」黑令說。

柯維安起碼有十分鐘都不想再跟這個朋友講話。

繞過這些由噬光蟲吐出的發光黏液，柯維安他們接著看到的是一片廣大的水潭，以及那塊和照片上一模一樣的藍灰色石頭。

手腕粗的白繩在石上繞了一圈，繩子上打著多個繩結，每個結下垂掛著一塊小木牌。牌子上的「珠里」兩字是以小篆字體書寫上去，乍看下，顯得歪歪曲曲。

這就是珠里鎮所信奉的螢石大人。

安萬里沿著石頭走一圈，手放上石塊，「有很微弱的一絲仙氣……剛成形不久的那種，近幾年的事吧。」

「意思是，螢石大人眞的是無名神嗎？」柯維安問道。

「還沒有。」安萬里搖搖頭，「目前只是具有雛形，但依附在上面的信仰之力相當濃厚。相信假以時日，就會眞正成爲鎮民口中的螢石大人。」

——換句話說，現在它還只是塊普通的石頭，不可能有力量阻擋藍紗女人的現身。

這也就表示藍紗女人是自己選在了初三和農曆二十七號兩天出沒。

符芍音雙手合十，不帶任何祈求意味地朝大石頭拜了拜。

柯維安走近水潭，探頭一看，「這水看起來好深啊……」

「那你就不要靠太近。」一刻警告，「水邊向來容易滑倒。」

「沒沒沒，我有算好安全距離的。」柯維安可不想把自己弄得一身濕。他低頭觀察水面，一泓碧潭在陽光和螢光的輝映下，閃著粼粼光芒，就像顆閃閃發亮的美麗綠寶石。

柯維安努力看了半晌，水裡沒瞧見什麼生物，更深處就看不清楚了，難以判斷水究竟有多深。

倏然間，柯維安捕捉到一絲細響，如同魚尾拍打水面，激起嘩啦的一聲。他下意識抬頭朝聲音來源看過去，卻發現那處水面連波紋都沒有。

但柯維安如同被攫去心神，目光直直地盯著那裡不放。他不確定是不是自己的錯覺，在那瞬間，他似乎感應到了……

鬼氣。

柯維安本身是半鬼，對鬼魂的存在素來較爲敏感。只是當他想再次確認，水潭方向卻是乾淨得很，一點異樣的氣息也沒有。

難不成眞的是錯覺？柯維安狐疑地又多看幾眼，最後只能聳聳肩，認定是自己多慮了。

「怎麼了？你一直看那邊。」一刻見柯維安傻站在岸邊不動。

「我在看水裡有沒有魚。」柯維安回過頭，「不過好像什麼也沒看見。」

「也許都待在深的地方了。」一刻隨口說，「你不拍照嗎？回去給公會的人看。」

「我的手機只拍可愛的小天使。」柯維安義正辭嚴地說，「小白別擔心，你也算在這行列裡的。小白，拍嗎拍嗎拍嗎？」

一刻直接比了一記中指，他才不想要這種狗屁殊榮。

遭到拒絕的柯維安捧著一顆受傷的心傷心三秒，然後便恢復精神地跑去替符芍音拍照。

一刻想起自己身上也有任務，得要拍照給他的青梅竹馬看，還指定是自拍的那種。

「拍不好可別怪老子了……」一刻嘟囔著，他就是掌握不了自拍的技能。讓他自拍，他還寧願拍單純風景照。

隱約間，有人聲往這方向接近了。

第六章

「哇——」

董郁青在洞窟走道內大喊，興奮地聽見自己的喊聲成了迴音在她們耳邊迴盪。

「郁青妳不能小聲點嗎？」袁柳抱怨地堵住耳朵，「整個洞穴裡都是妳的聲音。」

「反正又沒其他人在。」董郁青嘴上這麼說，還是收斂了音量，喊久了她自己也覺得好像有點吵，「這裡可是苗苗推薦的私房景點耶，不會有別人來的啦。」

「不，還是會有別人來的。」于苗苗小聲糾正，「雖然來的主要是本地人。」

「我……我是說現在除了我們外，沒有其他人啊……應該沒其他人吧。」董郁青本來還信心滿滿，但說著說著也不確定了起來。

萬一有其他人在，沒辦法好好拍照怎麼辦？

于苗苗在路上向她們大致介紹過這個螢石之窟的由來，她們對鎮民信仰的螢石大人沒興趣，只在意能不能看到噬光蟲。

聽說那個噬光蟲是藍光蟲的變種，不怕光，所以可以盡情地開閃光燈或是用補光燈，不用怕拍照時光線不足，拍不出美麗的藍色星空。

「那妳不會再喊一聲，問有沒有人在裡面?」袁柳說道。

「有沒有人——在裡面啊——」董郁青將手圈在嘴邊，朝洞內喊道。

那個「啊」不斷地迴盪，最終消失在洞穴更深處。

就在三人都以爲洞裡沒有其他人之際，一道細細又缺乏起伏的聲音飄了出來。

「……有的。」

三個女孩反射性抽了一口氣，欲跨出的腳步僵住，俏臉更是不約而同地染成蒼白。

她們都聽見那道在洞窟內顯得格外詭異的回應，尤其那聲音還給人陰森森的感覺。

董郁青第一反應就是緊抓住離她最近的袁柳，「妳們有沒有聽到!有沒有?」

「錯覺吧……」袁柳給自己壯著膽子，不想承認自己也被嚇得都起雞皮疙瘩。

「不是，我也有聽到……」于苗苗顫著聲音說，「好像是小女生的聲音啊……但鎮上的小孩子不太可能會往這跑才對。」

「噫!苗苗妳的意思，難道是說……」

「呸呸呸!別在這自己嚇自己，這世上哪來的鬼啊!」

「但苗苗不是也說鎮上的小孩不可能會……」

「袁柳姊姊，雖然藍色星空眞的很美，但我們要不要……」

「要什麼?當然是繼續往前了，都來到這裡了，哪能就這樣放棄回去啊!我又不是那種膽小鬼！」袁柳最討厭被別人看低，她冷哼一聲，「我來這就是要拍藍色星空的，妳們害怕可以自己先回去。」

「我又沒有說要回去，我只是……剛剛被嚇一跳而已。」董郁青逞強地說，手還是緊抓著袁柳不放。就算心底仍毛毛的，可她說什麼也不想袁柳一個人獨佔美景。

她曾在網路上看過藍色星空有多美，倘若讓袁柳拍到且放上IG的話，對方的追蹤人數又要更壓她一頭了。

那怎麼可以！

「那我就……再帶妳們往前走喔？」于苗苗試探性地問道。

袁柳和董郁青誰也不想在對方面前露出畏怯，立刻催促于苗苗動作快一點。

越往裡走，和洞外的溫差就越大，像突然從夏季走入了秋季，冷意絲絲縷縷地鑽進三人的皮膚裡。

「早知道多帶一件外套出來了。」董郁青搓著雙臂。

但很快地，洞窟裡的寒冷和先前小女孩嗓音帶給她們的驚疑，都在她們走到最深處，看見一片螢光藍之後被遠遠地拋到腦後。

董郁青和袁柳被前方美景震撼得目瞪口呆，她們都是第一次看見藍色星空，被這驚人的夢幻閃耀迷得遲遲回不了神，幾乎反射性舉起手機瘋狂連拍。

「我、我的天啊……」董郁青一時詞窮，只能不斷重複這個字眼。

「啊，是你們！」于苗苗已經看過好幾次藍色星空，她最先注意到的是洞內原來有其他人在，還是和她們相當有緣的柯維安等人，「好巧喔！」

聽見于苗苗一喊，董郁青和袁柳才強迫自己先停下拍攝。她們繞過那一條條發光絲線，看見不久前才在民宿碰到的五大一小。

「這眞的超級有緣耶！」董郁青雙眼放光，「這一定是八二三團隊的默契吧？不然我們怎麼到哪都能遇上。我記得，你是叫小白對吧？小白，我們一起拍張照紀念一下啊，你妹妹也一起過來拍吧。」

「那不是我妹。」一刻淡淡地說。

「不是。」符芍音的回答更簡短。

「咦？」董郁青愣住。她看兩人都是白頭髮，還以爲他們絕對是兄妹，沒想到會弄出一個烏龍。

「小白是妳這醜女能喊的嗎？」曲九江心頭不悅，看向董郁青等人的眼神冷利如刀，「閃邊去，別來煩我們。」

「你才閃邊。」一刻瞪了曲九江一眼。自己這綽號還是托曲九江這混帳的福，搞得全系都開始叫他小白，眞名反而沒多少人記得，「學長，麻煩你把他帶到旁邊去。」

「好的，沒問題。九江學弟，你對噬光蟲感興趣吧？我來科普給你聽吧。」安萬里無視當事者意願，面帶微笑地把人往旁一拉，「我相信你一定很有興趣的，就像你對特訓一樣有興趣呢。」

「爲什麼我聽到『特訓』兩個字有種不祥的預感？」柯維安摸摸無故發涼的後頸。

「也許是，針對你的特訓。」黑令不經意地猜到眞相。

「哪可能啊，我明明人見人愛，花見花開。」柯維安對自己的魅力超級有信心。

「抱歉，別理他。」一刻對董郁青道歉，「但拍照還是免了。」

被自己中意的帥哥當面嫌棄成醜女，董郁青好不容易才扯出一抹僵硬的微笑，假裝自己沒有太放在心上。

她不死心地把視線移向符芍音，想改從小朋友這邊遊說，她隱約還記得對方的名字。

「那小芍音，跟姊姊拍個照好不好？」

「不。」符芍音直截了當地搖頭，她不跟陌生人拍照。

「是嗎？眞可惜……」董郁青乾巴巴地說，接連碰壁讓她心底有些窩火，卻同時也加深她非要偷拍到這幾人的決心。

她就不信拍不到，明明只是讓她拍一下又不會死，這群人也太小氣了吧？

「眞不曉得他們在小氣什麼？又不是叫他們殺人放火，只是拍照而已耶。」袁柳悄聲對于苗苗說，就算她樂意瞧見董郁青吃癟，也覺得那幾人的態度有夠高傲。

「嗯啊……」于苗苗細聲細氣地附和。

「喂，郁青，別管那些人了！」袁柳故意拉高聲音說，「過來看這個，這石頭上的繩子挺特別的耶！」

「真的耶。」董郁青飛快從尷尬中抽身，快步走向袁柳，「繩子上綁的木牌是寫什麼啊？」

「我看看……」袁柳彎身辨認，「這字長得有點奇怪，但看起來……應該是珠里吧？」

「全部都寫一樣的字嗎？」董郁青好奇問。

「我哪知道？妳問苗苗，待會幫我拍照啊。」袁柳懶得一個個檢查，她摸摸藍灰色的石頭，測量了下高度，隨後雙手放在上面用力一撐，就要坐在那塊大石頭上。

「不行！那不能坐！」于苗苗大驚失色地喊道，衝上前將人拉了下來，「袁柳姊姊，妳在做什麼！」

「哇啊！」猛被扯下的袁柳差點摔倒，美艷的臉蛋浮上惱怒，「苗苗，妳才在搞什麼！妳這樣拉很危險耶！要是我跌倒了怎麼辦？」

「對、對不起……」于苗苗慌張地道歉，「袁柳姊姊，我不是故意的，我只是……」

「苗苗，妳幹嘛那麼緊張？袁柳姊姊只是想坐在石頭上拍照。」董郁青納悶地說。

「這個石頭……這個石頭不能隨便亂坐上去的。」于苗苗結巴地解釋著，「這是螢石大人，坐上去是對她、對她不禮貌……萬一被鎮上的人看到就不好了。」

袁柳和董郁青好一會才想起來螢石大人是什麼。

「哇，妳別跟我說妳眞的相信這石頭是什麼大人。」

「但鎭上的人很信啊，要是他們發現有人對螢石大人不禮貌，他們很可能會把我們趕出去……不，我一定是會被趕出去的吧，畢竟他們本來就不喜歡我……」

「哪可能那麼剛好，我坐一下很快就……」眼看于苗苗一臉委屈，說起自己處境時眼眶都泛紅了，袁柳舉起雙手，退讓一步，「我知道了，我不會再坐上去的，行了吧？」

爲了證明自己所言不假，袁柳乾脆往潭邊走近。

「袁柳姊姊，我幫妳多拍一點！」于苗苗破涕爲笑，主動跟上去。

董郁青繞到那些發光絲線的對面，想藉由光簾的遮擋，從縫隙間拍攝黑令、曲九江或芍音。但那幾人偏偏站到了她抓拍不到的角落，還戴上帽子和拉起外套的兜帽，臉都被陰影遮擋住。

董郁青只好挫敗地打消計畫，改拿出自拍棒，架好手機，在洞裡展開一輪自己和幽藍珠簾的自拍。

過沒多久，袁柳打斷了董郁青的拍照。

「喂喂，郁青！」袁柳朝董郁青招著手，「妳快過來看！」

「看什麼啊？」董郁青拍得正投入，猛然被打斷讓她噘著嘴，心不甘、情不願地走過去兩名朋友身邊。

「快看！」袁柳炫耀般地展現手機上的照片，「拍得超美的吧？我就知道我挑的角度超好。」

照片裡是袁柳站在岸邊，身後是澄碧的潭水和散發剔透感的日光，水面上還倒映著岩壁上的點點螢藍。

不論光線或是構圖，怎麼看都是一張放到社群網站上會被瘋狂按讚的照片。

董郁青頓時覺得自己剛才拍的弱上許多，比較心不由得生起，也想拍一張比袁柳更好的出來。

她的眼珠子轉了轉，一個主意形成，立刻脫下涼鞋，身上的短版罩衫同樣脫掉，露出底下的V領小可愛，讓大片雪白肌膚暴露出來，一步步往水裡走去。

「郁青？」于苗苗吃驚地想阻止董郁青的行為，「妳在幹什麼？這水其實很深的！」

「不用擔心，我不會走太裡面的啦！」董郁青專門挑著水位淺的位置走，冰涼的水漫過她的腳踝，直到快淹到小腿肚，她才停下。

站在水中的甜美少女展露著她纖細白潤的四肢，舉手投足盡是青春風情。

董郁青對自己的容貌和身材都很有自信，她擺著姿勢自拍，眼角餘光不時覷向不遠處的幾名男性。

然而不如她的預期，他們正各自忙著手上的事，誰也沒有往自己這邊投來注視。

她暗地咬了咬牙，難以接受自己的魅力居然發揮不了作用。

柯維安拉著符芍音，一起和湖水鎮的蔚可可進行視訊。

蔚可可興奮的喊聲像輕快的小鳥鳴叫，嘰嘰喳喳地落入柯維安他們耳中。

「小安，你們那邊也太漂亮了吧！下次我跟小語也想去，拜託多拍點照片，我想看更多！」

「沒問題！」柯維安比出交給他的手勢，舉著手機慢慢改變方向，讓蔚可可能將其他地方的景象收納眼中。

「宮一刻是在幹嘛？他在自拍嗎？哇，太稀奇啦！」

「ㄍ——」幾乎來到嘴邊的髒話被緊急煞住，只跑出了前半音節，一刻凶狠地朝柯維安的手機厲瞪過去，「囉嗦，就妳話多！」

「人家本來就話不少啊。嘿嘿，我知道啦，你一定是要拍給小染他們看的。小安，學長和曲九江在做什麼啊？」

話題涉及脾氣傲慢的曲九江，不管是蔚可可或柯維安，音量都自覺地放低不少，就怕引火上身。

「狐狸眼的在給曲九江科普噬光蟲，就是弄出那些藍色的蟲子。」

「曲九江居然願意聽啊？」

「嗯，其實我懷疑他們之間是不是有啥不可告人的交易。」

柯維安最後幾字差不多是用氣聲吐露，但似乎仍被安萬里察覺到。只見那名斯文男人驀地抬起眼，似笑非笑地投來一眼。

嚇得柯維安頭皮發麻，果斷放棄在背後說人壞話。

「小安，你們好好玩，就不打擾你們啦。」蔚可可在視窗裡朝柯維安揮揮手，不小心注意到了他背後，也就是水潭那邊像是有異狀，「小安，你後面！你後面那個人好像……」

蔚可可話還沒說完，一聲驚叫就像落石投入平靜的湖面，乍然間引發騷動。

「呀啊！」董郁青不知道為什麼踩滑跌坐進水裡，這一跌還跌往了水位更深之處。緊接著她面色驟然發白，驚恐地伸手向岸上的人求救，「救命！水裡……水裡好像有東西！」

「郁青！」袁柳和于苗苗被這突來的意外嚇得愣在原地。

此時就屬柯維安離董郁青最近，他匆匆結束視訊，把手機塞給符芍音，三步併作兩步就往潭裡衝，也顧不得自己的球鞋和褲子都被浸濕。

水裡濕滑，柯維安努力穩住自己，伸長了手臂朝董郁青探去。

女孩像是慌亂到不知所措，用力抓住柯維安的手，反倒將人也扯進水裡。

「我操！」目睹情景的一刻大步奔來，但有人的動作比他更快。

黑令憑藉著腿長優勢，一個邁步越過一刻，也不管水會不會弄濕自己，二話不說地搶先將撐坐起來的柯維安一把拉起。

「救我，先救我！」董郁青蒼白著臉，眼裡蓄著淚水。沒人看見她在水裡往自己大腿狠狠捏了一記，眼眶淚珠登時溢出，看起來好不可憐。

黑令面無表情，一手穩穩托著柯維安，一手粗魯地將少女猛力自水中拽起。

力道大得讓董郁青一張臉是真的徹底全白了，吃痛聲脫口而出。

眼見黑令把自己拉起就放手，渾然不再理會自己，董郁青顧不得疼痛，急忙想趁機再抱住黑令。

只是還不待她有所行動，腳踝處猛地被一股外力抓握住，就好像有誰非要在她的腳上抓出瘀青的指印。

「啊啊啊啊——」董郁青這次是真的恐懼得尖叫出聲。

那觸感太鮮明了，她沒辦法告訴自己只是錯覺。她陷入恐慌地踢著腳，發現抓力消失，一秒都不敢在水中多待，萬分狼狽地跑上岸，與水潭拉開安全距離才腿軟地一屁股坐下。

董郁青急促地喘著氣，雙眼沒了先前的神采，臉上血色盡褪，看著那泓幽碧水潭，就像在看著什麼可怖的怪物。

「郁青，妳沒事吧？」

「妳還好嗎？」

于苗苗和袁柳急忙跑至董郁青身邊，圍著她不住關切。

柯維安則被黑令一路拎到乾燥的地面上，才終於被放開。這過程他的眼神都呈現放空狀態，覺得自己活像個被人隨意擺弄的布娃娃。

「喂，柯維安！」一刻是最快湊近的，他迅速打量柯維安一眼，看出對方頂多是濕了大半，其餘並沒什麼大礙，一顆提起的心才放下，「沒問題吧？」

「有……」柯維安虛弱地擠出聲音，「黑令這傢伙到底吃什麼長大的？高成這樣就夠犯規了。為什麼……為什麼他還有辦法把我整個人提起來啊！」

「你太矮？太輕？」黑令脫下弄濕的連帽外套，改繫在腰間，「你覺得，哪個理由好？」

「我覺得你別說話更好！」柯維安被氣得連精神又重新恢復過來。

「哥哥，不怕、不怕。」符芍音拍著柯維安的背，像個小大人地說。

換作平常，柯維安一定打蛇隨棍上，以尋求安慰的理由朝符芍音展開懷抱。但眼下他全身濕答答，他才不想讓自家妹妹有任何感冒的可能。

「我不怕。」柯維安反安慰著符芍音，「就是嚇一跳，沒想到我也會被拉下水。」

「學長，這裡有什麼不對勁嗎？」一刻低聲問著安萬里，猶記得董郁青不久前還大喊著水裡好像有東西。

「我什麼也沒感覺到。」安萬里沉吟一聲。他身爲大妖，對妖力或神力格外敏銳，但這個地方目前看來，的確沒有一絲異樣。

「可能是女孩子自己踩滑了吧，我下去時也差點站不穩。」柯維安說。

「假的，她故意跌倒。」黑令語出驚人，「她抓著手機，一直想避免碰到水，我直接讓手機浸水了。」

黑令說的是他在拽起董郁青的時候，不忘先把那隻抓著手機的手臂往下一按，讓整支手機都沒入水中，旋後才將人眞正地拉起來。

雖然自己是遭受無妄之災，但聽見黑令語氣罕見地流出得意的成分，有如惡作劇成功的小孩，登時讓柯維安哭笑不得。

「她是吃飽太閒嗎？沒事幹嘛讓自己摔倒？媽的，要摔還牽拖別人。」一刻只覺火大，巴不得別再跟那幾個女孩碰上。

柯維安心思靈敏，將自己欲救人還被拉入水裡的事串連起來，目光落在了黑令臉上。沒有兜帽遮掩，黑令那張臉就是「帥氣」兩個字。

柯維安大概猜出原因了，不過想到黑令都出手把自己拎上來，也就不計較自己其實是受到他的牽連。

「我們趕緊先回去，萬一感冒就不好了。」安萬里說。

就像在呼應安萬里的話，柯維安下一秒就打了一個又大又響亮的噴嚏。

「曲九江，你能把他跟黑令身上的水氣弄乾嗎？」一刻問道。

「如果他們不介意衣服和褲子都被燒沒的話。」曲九江漫不經心地回答。

柯維安用猛烈的搖頭來表達他一點也不想接受這個提議，他才不想被迫裸奔回去。

沒有多看另一邊的女孩們一眼，柯維安一行人離開洞穴。

「郁青、郁青？」于苗苗喊了老半天，見董郁青仍呆然地看著那池碧潭，心下忍不住緊張，連忙向袁柳求助，「袁柳姊姊，怎麼辦？」

「董郁青，妳夠了沒啊？」袁柳口氣卻是不太好，擔憂退去後，她便留意到諸多疑點。

她和董郁青認識得比于苗苗再稍早一些，她記得很清楚，對方明明會游泳，水性還相當好，哪可能會因爲跌進水中就慌得方寸大亂？

這擺明有問題。

袁柳又不笨，再結合方才柯維安被她反拉入水裡的舉動，立刻想明白對方的眞正意圖。

「活該妳投懷送抱失敗。」袁柳不客氣地諷刺。

「什麼？」于苗苗茫然問道，不明白袁柳在說什麼。

「不是！」董郁青忽地激動大叫，「水裡眞的有東西，我剛眞的有被抓住腳！」

那冰涼不祥的觸感，簡直像隻冷血生物貼著她的皮膚游走而過。但她還眞寧願是蛇或其他的水中動物，因爲在她低頭的瞬間，她隱約看見了……

看見抓著她的，是一隻女性的灰白手臂。

董郁青打了個哆嗦，她緊緊抱住自己，寒意和懼意像泡泡不停往上湧，幾乎要將她整個人吞沒。

不管這個地方……不管這個螢石之窟再怎麼美麗……

打死她都絕對不會再踏進這裡一步！

「有東西……」于苗苗無意識地喃唸道，她的視線先是望向波瀾不興的水潭，再慢慢地朝洞內另一處看過去。

綁著白繩、吊掛著眾多小木牌的灰藍色石頭，靜靜地屹立在那。

經過下午的這番驚嚇，董郁青沒了在外遊玩的心思，不管袁柳和于苗苗好說歹說，堅持就是要先回民宿。

想到晚上還要爬上屋頂，袁柳也放棄再遊說，乾脆先回民宿好好休息，反正這大半天也玩累了。

于苗苗趁機到後院一看，她果然沒記錯，院子裡的確有一把鋁梯。

這樣晚上爬上屋頂的工具就有了。

董郁青雖然在螢石之窟被嚇得不輕，但這沒有降低她想夜拍的意願。

原本說好十點半去屋頂那拍照的，但董郁青和袁柳重新上妝花去太多時間。等到她們終於打點好，和于苗苗一起到後院搬梯子時，都要接近十一點了。

「我的天，累死我了……」董郁青一踏上天台，馬上鬆開手，大口大口地喘著氣。

「出力最多的是我吧？」袁柳負責扛梯子前端，她甩著發痠的手，斜睨了董郁青一眼。

「袁柳姊姊力氣大嘛。」董郁青毫不在意，笑嘻嘻地說，「幸好有妳在呢，不然我力氣那麼小，哪扛得上來？」

「知道就多感謝我一點。」踏上平坦天台，其實袁柳一個人也有辦法將梯子挪到屋頂附近。

將梯子穩穩地靠好，袁柳率先爬了上去。

屋頂坡度不算陡，與天台地板的距離頂多半層樓，董郁青上去後，馬上朝還待在下方的于苗苗揮手。

「苗苗，妳也上來啊，一點都不可怕。」

「我……我還是在下面等妳們就好。」

「妳不上來的話，我們怎麼拍合照啊？八二三小隊當然要來個特別的紀念照呀！」

在袁柳和董郁青的鼓吹下，于苗苗總算也拿出勇氣，小心翼翼地爬上屋頂。

頭頂是一彎新月細細地掛在天空，尖尖的兩端猶如剃刀。

而從上往下看，珠里鎮的街景一覽無遺。

入夜的珠里鎮和白日截然相反，所有熱鬧活力此刻像被一口氣抽離，聲音像被沉沉的夜色吞吃殆盡，餘下大片的寂寥和冷清，偶爾才能聽到車聲一閃而過，車燈一晃而逝。

爲了讓人們盡量少在深夜外出，鎮上的路燈一旦過了十點半就會暗下，但懸掛在路邊的紅燈籠依舊亮著，幽紅色的光芒在大街小巷裡一路綿延，爲這冷寂的夜晚更添迷離氣氛。

將紅燈籠與黑夜作爲背景，董郁青和袁柳架好手機，或躺或坐地進行各種拍攝。

于苗苗抱著膝蓋坐在旁邊，像在凝望底下的城鎮，又像是無意識發呆。

「眞的都沒人耶。」袁柳站了起來，努力往下眺望。這個時間點對她來說不算太晚，可這座小鎭簡直像提早入睡般，整個靜悄悄的，「雖然覺得迷信很扯，不過也多虧那個藍紗女人，待會在下面怎麼拍都可以。郁青、苗苗，妳們也站起來，我們拍一張吧。」

「啊，好的。」于苗苗小心地站起身。雖然屋頂和天台之間高度落差不算大，但她像是有些懼高，好不容易站直身體，額角已微冒細汗。

「過來我們這啊。」董郁青招手，「這麼遠怎麼拍？」

嫌于苗苗走過來太慢，袁柳仗著自己手長腿長，將人一把拉了過來，換來于苗苗慌亂的驚呼。

于苗苗害怕地跟蹌了幾步，深怕自己跌下去，她忙不迭緊緊抓住袁柳的肩膀，撞入對方懷裡。

袁柳被這一撞，換她險些站不穩，心跳都像要漏跳了幾拍，臉色也跟著一白，幸好在夜色下看不太清楚。

穩住身勢後，袁柳放鬆地喘了一口氣，張嘴就想指責于苗苗的冒失。

「那是什麼？喂喂喂，那是什麼啊！」董郁青聲音高亢又透著興奮，打斷了袁柳來到嘴邊的話，「妳們快看那邊，下面啊！」

「什麼東西？」袁柳狐疑地轉過頭，依著董郁青伸出的手指朝下方望去，一雙眼睛頓地瞪大。

于苗苗的反應更爲劇烈，她震驚地倒抽一口氣。

在被紅燈籠環繞的一條幽晦街道上，一抹發光的身影如同螢火蟲飛進了夜幕，成爲之中最顯眼的焦點。

只不過，不同於螢火蟲的螢碧色，緩慢在路上移動的那道身影散發出炫麗的幽藍。

董郁青飛快拿出手機，開啓相機模式，對準那道發光體，將鏡頭倍率放大再放大。

出現在手機裡的身影輪廓變得越來越清晰。

那似乎是一名女性。

不約而同地，董郁青和袁柳腦海中跳出了民宿老闆曾對她們說過的話。

「紅燈籠，藍光紗，三更有路別遇她。」

傳聞中的……那個藍紗女人。

「好像……好像眞的是她的頭紗在發光耶……」董郁青話聲微顫，但不是害怕，而是因爲亢奮。

「看起來好美！我們快點下去看，動作快！」袁柳也不管拍什麼紀念照了，只想趕快去街上探看個究竟，「苗苗妳快記一下，那邊大概是在什麼位置。」

就算親眼目睹了一道疑似傳聞中的人影現身，可不論董郁青還是袁柳，誰也沒眞的相信那會是超現實的存在。

在她們看來，那頂多是有個女人披了一條會發光的頭紗，那種道具只要費點工夫就能做出來。

與其說那就是鎮民畏懼的藍紗女人，她們更相信那不過是一樣跑來夜拍的人。

估計是哪個網美也不一定。

晚間十一點多，對許多大學生而言，夜生活才剛開始。

但對一名作息規律的小學生來說，這該是她已經進入夢鄉的時間了。

民宿三〇一房間裡，符芍音睡在單人床上，她的睡姿相當規矩，雙手交握置於胸前，一頭雪白的髮絲散落在床鋪上，有如飄下一場白雪。

房裡的另外兩人都沒忘記放輕音量，就怕吵醒床上的白髮小女孩。

一刻不是習慣熬夜到三更半夜的人，但這時候的確還不到他的躺床時間，他戴著耳機，看著可愛動物的影片。

隔壁是同樣抱著筆電看影片的柯維安，雖然也戴著耳機，但他時不時流洩出來的痴漢笑聲還是干擾到一刻了。

一刻用膝蓋想都知道柯維安在看什麼，反正不外乎是些主角是萌萌小女生的動畫。瞄見符芍音的眼睫顫動了幾下，眉頭也隱隱皺起，爲了避免柯維安吵醒對方，一刻把人一腳踢去窗台邊，讓他去欣賞外面夜景，順便洗滌一下心靈。

「小白你眞狠心，我的屁股都踢……」柯維安哀怨地揉揉臀部，就算一刻其實沒用多少力，只是一個警示的舉動，他還是故作傷心難過，彷彿受到偌大傷害。

一刻的耳機已經摘下，「又不是沒踢過，再吵就把你踢到隔壁房間。」

柯維安馬上選擇閉上嘴巴，他才不要進去那個全是過保鮮期男人的房間，簡直是虐待他好嗎？

窗台旁邊有足夠的平台空間讓人窩坐上去，柯維安自己喬了個舒服的姿勢，趴在窗邊看起底下夜景。

民宿建在地勢較高之處，他們房間又在三樓，從窗戶往外看，能夠把大半珠里鎮都納入眼中。

就如同豐老闆之前提過，鎮上店家很早便收攤了，八點左右已紛紛拉下鐵捲門。來這的遊客大多是當天來回，鮮少會有人像他們一樣選擇住下。

因此夜晚時分，珠里鎮上幾乎沒什麼人在外遊蕩。

但今晚又格外不一樣。

神使的視力在晚上也沒受到什麼影響，柯維安大略掃過一圈，發現真的都沒看到人。白日喧囂的水鄉古鎮進入夜晚後，竟是一片死氣沉沉。

所有活力和聲音彷如被垂下的夜幕吞噬得一乾二淨。

街上的照明主要靠路燈和紅燈籠——要是再更晚，連路燈也會暗滅——只在夜間亮起的燈籠散發幽幽的紅光，看起來綺麗又透著一絲說不清的妖異。

「真像一條條紅色的蛇徘徊在街上啊……」柯維安喃喃地說，眼底倒映入點點紅光。

「被你一說就像鬼故事了。」一刻關掉影片。

「我去當主角的話，就可以直接演鬼片了。」柯維安回頭笑嘻嘻地說，對自己半鬼的身分越來越沒有介懷。

「說那什麼鬼話？」一刻沒好氣地拍上柯維安的頭，「那老子肯定拒看。」

「咦？為什麼？主角顏值不夠高嗎？甜心你不覺得我可愛嗎？」柯維安摀著心，痛心疾首地問道。

「你妹比你可愛多了。」

「哎呀，我也覺得小芍音宇宙無敵可愛。」

一刻輕而易舉把話題帶歪，他對鬼片探討沒有絲毫興趣。他站在柯維安身後，跟著探頭往窗外看去。

眞的都沒人。

「就跟豐老闆說的一樣呢。看樣子，鎭上人眞的很相信那則傳聞……好像也不能說是傳聞，畢竟有不少珠里人碰過嘛。」

「你覺得她會出來嗎？」

「不知道呢，但今天的確是初三吧，小白你自己也說過了。不過我還是到現在才知道，原來初三這天，月亮是最細的呀。」

一刻和柯維安一同仰頭向上看，從他們的位置還能瞧見月亮的蹤跡。但附近有雲層飄來，將本來就細的月亮掩得影影綽綽，似乎再一眨眼就會看不見。

「看完記得把窗戶關上。」一刻收回視線，打算刷完牙就上床睡覺。

才剛吐掉口中牙膏沫，一刻就聽見外頭驟然傳出一聲尖銳的喊聲，聽起來有點像是……女孩子的尖叫！

一刻神色一凜，以最快速度漱完口、衝出廁所。

「小白！」柯維安緊張地轉過頭，「剛剛外面……」

「聲音？」就連原先熟睡的符芍音也被驚醒，她揉著眼睛坐起身，迷迷濛濛地朝房內的另兩人看過去。

一刻幾個大步來到窗前，探頭往下望。他們這處的視野畢竟還是有些受限，看不見鎮上全貌。

下一秒，又是充滿驚恐的尖叫劃破夜色。

一刻這次聽得更清楚了，那是女孩子的聲音沒錯。

「我們去看看情況，把手機帶上。」一刻的左手無名指瞬現神紋，橘色花紋如同一圈戒指繞過他的指關節。

「小芍音，妳到隔壁房去，跟狐狸眼的他們說一下狀況。」柯維安交代完，被劉海遮住的前額也浮上肖似第三隻眼的金耀神紋。他抓過筆電和包包，緊追著一刻躍下三樓的身影而去。

符芍音跑到隔壁房前敲門，才敲了一下，門扇立即由內開啓。

「小孩子這麼晚還沒睡，會長不高喔。」安萬里柔聲地說，「芍音有什麼事嗎？」

「有尖叫。」符芍音沒反駁安萬里的前一句話，她對自己未來的身高很有信心，所以完全不須多花時間去爭論。

「你們也聽到了嗎？」安萬里側身讓符芍音進入房裡。

與符芍音他們房裡決定去一探究竟不同，安萬里等人擺明了沒打算採取行動。這行爲對安萬里幾人而言才算是正常。

安萬里只關心自己的學弟妹們，黑令是個對身外之事皆不在意的人，更遑論曲九江了。

「白白和哥哥，出去看。」符芍音據實以告。

前一刻還在無聊轉台看電視的曲九江咂了下舌頭，他扔下遙控器，也選了窗口當成捷徑，從三樓直接跳下去。

「黑令沒有要去嗎？」安萬里看向床上已睜開眼的灰髮青年。

「眞的需要幫忙，再去。」黑令懶洋洋地說，淺灰色的雙眼重新閉上。

第七章

分不出聲音是從哪一個方向傳過來的，一刻與柯維安只好先一路往前衝刺，轉眼間已來到堪稱鎮中心地標的石惠橋上。

橋下被夜色浸黑的河水一波波湧動，垂在河邊的楊柳此時就像能將一切藏匿於幽暗中，彷彿隨時會冒出伺機而動的怪物。

「小白，有聞到什麼嗎？」

「你當我是狗嗎？最好能聞到。」

「聞到兩個蠢蛋的味道。」一道漫不經心、嘲諷味十足的男聲乘著夜風而來。

「操！曲九江！」一刻連想都不用想，就知道這欠揍的說話人是誰，「你他媽說誰蠢蛋？」

「小白，他說你，他是你的神使竟然還敢說你！」柯維安不放棄任何煽風點火的機會，「打他！」

「我看你也是欠打。」一刻瞪了一眼過去。

「跑錯方向還不蠢嗎？不會先在上面確認好方向再找？這邊。」曲九江不等兩人，逕自竄了出去。

「所以，室友C是特意追過來找我們的嗎？」柯維安還以為依曲九江的性子，即使外面有人尖叫一整夜，他也不會去管發生什麼事。

啊，不對。他會過去，然後讓打擾他睡覺的源頭徹底閉上嘴巴。

「不然你覺得他是出門來逛街的嗎？還不走！」一刻扔下催促，矯健的身姿宛如夜間奔馳的獵豹。

柯維安邊跑邊拍了下額頭。他怎麼忘了，曲九江不管其他人死活，但他管小白的啊！

三人速度飛快，在常人眼中簡直像一陣疾風，眨眼便閃掠而過。

一刻抬眼掃過旁邊屋宅，窗內仍有燈光，但縱使尖叫聲響起，就是沒人開窗開門出來查看情況。就好像都說好了一樣，這一夜緊閉窗門絕不外出。

是因為……那名藍紗女人嗎？

一刻忍不住再次想起豐老闆下午說過的傳聞。

紅燈籠，藍光紗，三更有路別遇她。

古代三更又稱子時，換算成現在時制，就是晚上十一點至凌晨一點。

鎮民們閉門不出的態度，無疑說明了他們對藍紗女人深深的畏懼。

尖叫聲又一次響起，這回明顯與他們之間的距離更近了。

柯維安臉色卻是一愣，他很確定沒聞錯，這瞬間嗅到了一股濃濃的鬼氣。

有鬼魂在這……從這氣息來判斷，還不是普通的鬼。

「小白，有阿……」柯維安的「飄」字還卡在喉嚨，前方冷不防撞進眼內的場景讓他一時忘記吐出。

曲九江和一刻幾乎同時煞住了腳步。

見過幾次面的于苗苗和袁柳，驚恐地跌坐在路面上，無法停下身子的哆嗦。

但真正讓一刻他們提起警戒的，是更前方的存在。

就在垂掛著紅燈籠，連路燈都沒有的這條暗巷裡，一道泛著幽幽螢藍的人影攫住了他們的注意力。

那是一名披著長長光紗的年輕女子，一頭黑髮隱於光紗底下，垂掩的睫毛是詭譎的螢藍色，在陰影間隱隱發著光，膚色則是異常的灰白。

她赤著腳，同樣被灰白覆蓋的雙足上看不見一絲髒污，彷彿她不是踏在路面上。

當她抬起頭，露出的是一張缺乏生機、透著不祥死氣的面孔，眼睫下的瞳孔赫然也是奇異的螢光深藍。

年輕女子半跪在地，雙手牢牢地挾持董郁青；後者雙眼緊閉，毫無動靜，如同沒有反抗能力的布娃娃，任人擺弄，看起來已然失去意識。

「藍光紗……」柯維安吐息般地輕聲說，「三更有路……」

「別遇她。」一刻將話接完，繃起的肌肉線條說明他進入了備戰狀態。

明眼人都知道，那名披著藍色長光紗的女人，絕對不可能會是人類。

兩人說話聲不大，但對陷入恐慌的女孩們來說，無疑像是一道落雷劈入這毛骨悚然的夜晚當中。

她們猛地扭過頭，瞪大的眼裡是揮之不去的駭然，那是藍紗女人帶給她們的恐懼。

「郁青、郁青……」袁柳像是只會重複這個字眼，她像隻離水的魚，嘴巴奮力地一張一闔，但遲遲無法拼湊更多字眼。

不過就算她說不出來，柯維安等人也能明白此刻情勢。

那名藍紗女子抓住了董郁青。

而她的下一步，很可能就是傷害她。

「我感覺不到什麼妖氣。」曲九江擰起眉宇，他的眼珠在不知不覺染上銀輝，髮絲末端也滲入火焰般的赤色，彷彿隨時會化爲眞實的火焰劇烈燃燒。

「不是妖怪嗎？」一刻握緊拳頭，「管他的，計畫不變。」

「哎哎？」忙著掏出筆電的柯維安詫異地仰高頭，「我們有事先討論過什麼計畫嗎？」

「那個計畫就是——」一刻嘴角扯開凶暴的弧度，無名指上神紋瞬亮，「揍就是了！」

果然是一刻一貫的風格，簡單粗暴。

但是柯維安真的太喜歡了。

「小白衝啊！」柯維安用力戳下最後一個按鍵，無數金耀小字從筆電螢幕飛衝出來，它們交互連結，就像鎖鍊纏鍔一起，直達大際。

四周景物轉眼間恍如出現疊影，可再定睛一看，又會發現毫無異常。

腿軟跌坐在路邊的兩名女孩壓根沒留意到身邊有任何不對勁。

柯維安的腦袋瘋狂運轉，他聞到了鬼氣，曲九江又說沒有妖氣。顯而易見的，出現在此地的藍紗女人就是一抹亡魂！

但與普通亡魂又有不同，她看起來更像是……還融入了什麼。

柯維安目前想不出來，但這不妨礙他高速且有條不紊地分析目前狀況。

神使主要對付的是被瘴寄附的妖怪。面對亡魂，神力或許有效，可難以保證是否能一舉殲滅。

尤其這裡還有于苗苗她們在，不能讓她們看見一刻和曲九江超乎常人的力量。

藍紗女人不是瘴，就算被消滅了，她們也會對這次意外、對她們所看見的一切，依舊記得一清二楚。

得先弄暈她們！

這念頭剛從柯維安心中冒出，像兩支離弦之箭跑出去的一刻和曲九江已達成他想做的。前者與柯維安有著相同考量；至於後者，單純是覺得她們礙事。

眼見少女倆身影倒地，柯維安馬上跳起，張開的手指往筆電螢幕一探，本該堅硬的螢幕頓如柔軟水面，吞沒了他的指尖。

下一剎那，一支巨大毛筆順勢從螢幕內抽出，蘸染筆尖的金墨在半空落下點點金燦。在灰黑的道路上猶如開出朵朵金蓮。

新月不知何時已完全被雲層遮蔽。

藍紗女人霍然放開了董郁青，她的眸子緊緊盯住朝她衝來的一刻，閃爍著詭異螢光的眼珠裡燃灼起驚人的狂熱，像是飢餓許久的猛獸見到了美味食物。

曲九江眸色沉下，他不允許有其他垃圾覬覦他的神。

緋紅火焰轉眼纏繞上他的臂膀，一路攀延至五指。他捏緊燃燒著烈火的拳頭，鎖定目標，迅雷不及掩耳地轟出。

藍紗女人瞳孔收縮，好似沒預料到褐髮青年竟非人類。

「你是什麼?你是什麼?」女人神經質地喃喃，緊接著轉成古怪的咯笑，「不管是什麼都沒關係，把你的力量、你的精氣、你的運勢，全部都……」

「給我!」

女人的尖嚎成為刺耳的音浪，在暗夜裡爆發開來，側邊建築物窗戶登時盡數炸裂，大大小小的玻璃碎片像流彈四濺。

假如不是柯維安先圍好結界，只怕珠里鎮今夜就要迎來不平靜的騷動。

藍紗女人速度很快，她閃身避開了曲九江的火焰，披垂在她身後的藍紗瞬間像擁有自主意識般蠕動起來。

下一剎那，那襲發光的藍紗朝四面八方擴張。它高高地飛起，簡直像張大網，又更像活物張大嘴，要將底下的曲九江一口吞入。

「曲九江，閃開！」一刻的喝聲和他的拳頭同時到來，強而有力地砸中了敵人。

來不及防避的藍紗女人狼狽萬分地摔落於地，揚起的光紗頓時無力垮下。

「小白、小白、小白，讓開！」緊接而來的是柯維安活力充沛的喊聲，「這名阿飄交給我！」

一刻沒忘記把曲九江往旁一扯。他們回過頭，映入眼中的是柯維安方才用毛筆在地面寫下的一串凌亂豪邁金字。

就差最後一筆。

「一筆蓮華——」

柯維安眼中是亮得像能燙傷人的光。

「華光綻！」

最後一筆大開大闔地劃下，從中將那串字符切割下去。

瞬息間，甚至比藍光紗還要璀璨的金光拔地升起，像把金黃色大刀，氣勢洶洶地朝著藍紗女人暴衝過去。

藍紗女人面上閃過了驚恐，驀地她雙眼睜大，死死鎖住了柯維安身後。

不對，她在看什麼……她看的是更後面！

一刻立即意識到這點，視線迅速往更後方一掃。

本該被擊昏的于苗苗竟不知何時甦醒過來，她一手按著莫名泛疼的後頸，一手按著地，試圖撐起身子，臉上還帶著不知發生何事的茫然。

閃耀著凜凜寒意的金黃光輝就要逼上藍紗女子。

卻沒想到她居然主動迎了上去，在即將撞上柯維安攻擊之際，身形霎時成爲煙氣消散，讓金光最末只劈上一把空氣。

「什麼!?」柯維安大吃一驚。

一刻轉身奔向于苗苗，他不知道藍紗女人要做什麼，但直覺告訴他，現在應該這樣做。

然而當藍紗女人的身軀重新凝聚成形，她已像抹飄渺的鬼魅接近了于苗苗。

于苗苗臉色蒼白，眼睛瞪大到極限，眼珠彷彿要從裡面凸出來。

藍紗女人半蹲在地，灰白的手指捧住了于苗苗的臉，水氣和凍人的涼意順著皮膚毛孔入侵。

于苗苗一動也不動，就像面臨天敵，再也沒有力氣逃跑的獵物。

藍紗女人湊向前，嘴唇拂過于苗苗耳畔，對她吐出了冰冷的話語。

那是一刻他們今夜最後一次看到藍紗女人。

那抹發光身影眨眼後如同蒸發的水氣，徹底消失在這條暗巷裡，而一旁的紅燈籠輕輕地晃動，像不安定的火焰……

一刻扭頭看向柯維安，後者皺眉搖搖頭，表示自己沒再聞到鬼氣。

這代表藍紗女人真的離開了。

「妳還好嗎？」一刻隱去無名指上的神紋，目光掃過于苗苗一圈，對方從外表看，沒有什麼顯著的傷勢。

于苗苗反應遲鈍地眨著眼，像是還沒從先前的遭遇中回過神。

「于苗苗！」柯維安抱著筆電跑來，毛筆與地面上的金色墨漬在無人注意時已經消隱，包括他額上的神紋也一併隱沒，「妳沒事吧？剛剛那個女人……她有對妳做什麼嗎？」

從柯維安等人的角度，只瞧見藍紗女人忽然和于苗苗靠得極近，隨後便消失原處。

「她……她對我說……」于苗苗終於清醒過來，想起自己遇到的事，嘴唇跟著失了血色。她抱著雙臂，彷彿希望藉此獲得溫暖，驅逐體內的刺骨寒意，「她要我明天晚上……明天晚上去螢石之窟找她，否則……郁青就、就永遠別想醒來……」

「螢石之窟，神明的洞穴，她為什麼會選在那裡？」柯維安愕然地說，「她和那邊，難道有什麼關聯性？」

「你眼睛是瞎了嗎，柯維安？」曲九江難得沒有用室友B稱呼，但柯維安發誓他真的不覺得高興。

「我眼睛又大又圓又清澈，還很天真無邪，小白可以替我證實沒瞎。」柯維安立刻拉著一刻為自己討公道。

「抱歉，老子不幫不實商品打廣告。」一刻拒絕伸出援手，沒理會柯維安一臉悲慟，他站了起來，朝曲九江問道：「你發現什麼了？」

雖然曲九江講話似乎不毒舌會死，但不會沒來由地冒出那句話。

「這東西。」曲九江沒有動，他的鞋尖前有一點搶眼的藍正在瘋狂晃動。

等到一刻和柯維安看清那點藍色的真實面貌，不禁大吃一驚。

那是一隻沾附著藍色黏液的蟲子，半透明、外型令人想到肥胖的蛆，螢光正是由牠身上的黏液所發出。

柯維安腦筋轉得最快，「藍光蟲？不對，是噬光蟲？牠怎麼會在這裡……啊，靠！」

柯維安驚悚地喊出這聲的同時，一刻的臉色也跟著有些發青。

他們都想起了那名藍紗女人。

那襲發光的頭紗，原來是由無數的噬光蟲所組合起來的嗎？

「想想眞的有點噁心了……」柯維安忍不住摀著嘴，「媽啊，那光就算再怎麼美，但噬光蟲可是……」

「別說出那個字。」一刻實在不想一再被人提醒，他們剛剛竟然是跟那麼多的蛆交手。

即便一刻不是害怕蟲子的人，但當數量超乎想像的蟲子聚集在一起，連他都快控制不住那股生理上的本能厭惡。

「剛剛果然該一把火全燒了才是。」一想到那襲頭紗還試圖吞噬自己，曲九江的話裡更滲出了森冷寒意。他抬起腳，卻不是一腳將噬光蟲碾碎，而是跨過了蟲子，在不會被于苗苗看見的角度下，一簇火焰直接把蟲子燒得連灰也不剩。

「如果那是噬光蟲組成的頭紗，那麼就難怪她會要人去螢石之窟了。」柯維安思路清明地整理線索，「畢竟那邊可是噬光蟲最多的地方，再進一步推測，很可能那邊同時也是藍紗女人的根據地……」

瞥見于苗苗驚懼到煞白的面容，柯維安把剩餘推論嚥了回去，他還有一句沒說出來。

初三三更已過，藍紗女人要于苗苗前往螢石之窟的最大原因——想必是她無法再離開那，必須等到下一個月亮最細的夜晚時分。

「于苗苗，她有說是要妳幾點過去螢石之窟嗎？」柯維安又問。

「沒有、沒有……她只說明天晚上。」于苗苗如同飽受驚嚇的小動物，任何一點風吹草動都能把她嚇得抱頭尖叫。柯維安的問題儼然戳到了她的害怕之心，她緊緊揪著自己的衣領，顫聲地說，「我不敢一個人過去，拜託你們陪我一起……求求你們，如果我不去的話，郁青她會……」

「也許董郁青晚點就會醒過來了。」柯維安提出一個可能性。

「但那個人說了，她說我不去……郁青就不會醒過來的！」于苗苗激動地說，「我不能拿朋友的安全冒險！」

「妳要我們去，所以就能拿我們的安全冒險？」曲九江嗤笑一聲，笑意薄涼，眼內卻是一片冰冷。

「你們怎麼能那麼冷血？」于苗苗泫然欲泣地說，眼眶紅了一圈，「你們難道……要眼睜睜地看著郁青永遠醒不過來嗎？」

曲九江冷笑，不過下一秒就被一刻不客氣地把他準備吐出的毒辣字句全部打碎。一刻丟了一枚「你給老子惦惦」的眼神。

「明天晚上，我們會跟妳一塊過去那個洞穴。」一刻言簡意賅地說。

他不是為了成為于苗苗口中所謂的善心人士，他只是想弄清楚來龍去脈。況且他們三人都碰上藍紗女人了，假如傳聞屬實，那麼接下來他們應該就會莫名其妙地大病一場。

一刻眼中滑過戾色。別開玩笑了，誰沒事想成為病號啊！

「真的？你們願意？」于苗苗喜出望外，像是沒想到事情突然有了轉機。

「明天晚上，妳決定好哪個時間出門再來通知我們。」一刻說。

「對、對，再來跟我們說一下。」柯維安自是明白一刻的打算，跟著附和，「我們在三〇一房和三〇二房。」

「好、好的，真的非常感謝你們……」于苗苗抬手抹去淚珠，瞬間破涕而笑。

與此同時，昏迷在路邊的袁柳有了細微動靜。她迷茫地從路面上坐起，一時像不知道自己身處何方，緊接著她瞪大眼，記憶一口氣回籠。

「那個女人、那個女人……」袁柳的聲音像被外力掐住，變得尖細又破碎，「那個披藍紗的女人……」

「袁柳姊姊！」于苗苗跑向袁柳，努力攙扶她起身，「妳沒事吧？我好擔心妳會跟郁青一樣……」

「郁青？」這個人名觸動了袁柳，令她臉色瞬時刷白。她記得的最後景象，是董郁青被那詭異的女人抓住不放，「她在哪裡？她……」
袁柳含在嘴中的「她被帶走了嗎」，在望見地上失去意識的人影之際，呑嚥了回去。
「郁青她……還活著吧？」袁柳戰戰兢兢地問，不敢貿然上前確認，就怕那抹纖細人影沒了呼吸。
于苗苗趕忙再跑去董郁青身邊，她推晃著對方，嘴裡喊著她的名字。
可果然就如藍紗女人所說，董郁青沒有一絲反應，就像沉入最深的夢境中，無法掙脫。
「小白，接下來我們要……」柯維安探詢的目光投向一刻。
一刻耙耙白髮，「還能怎麼辦？先把人一起帶回民宿。」
「那昏倒的那個……」
「媽的，你覺得呢？」
「抱歉啊甜心，我是心有餘而力不足。」柯維安無奈地一攤雙手。
曲九江的眼神朝不知道在討論什麼的兩人瞟來。
「沒你的事。」一刻接收到那記視線，冷漠地揮揮手，「除非你要貢獻你的體力。」
曲九江登時反應過來，他輕蔑地掃過昏迷不醒的董郁青，二話不說地越過她就走，以行動簡潔有力地表達他的回覆。
在一名同伴體力不足，一名同伴完全不想碰陌生人的情況下，一刻只得負責攬下揹董郁青回到民宿的責任。

否則還能怎麼辦？看另外兩個連路都還走不好的女孩子，踉蹌地把人搬回去嗎？

房門一開，一直乖巧坐在椅子上的符芍音馬上站了起來。在瞧見踏進來的第一人是柯維安後，紅眼睛裡的光華更是提升了好幾個亮度。

「小芍音，妳在等哥哥嗎？哥哥好感動！」柯維安大張雙臂，就算知道符芍音不會輕易地給他抱抱，他還是忍不住做出這個動作。

假裝自己還是有個空氣擁抱。

知曉柯維安心思的一刻簡直不忍看下去，妄想力到這個地步，莫名地有點同情他了。

「歡迎回來，小白、維安、九江學弟。」安萬里闔起手上的書，內容當然是相當健康的那種，他還不至於在小朋友面前看起兒童不宜的小黃書，「事情處理得如何了？」

「各種意義上的，感覺很累。」柯維安把自己扔到另一張空椅內，「黑令睡著了，那我們要不要換個地方說？」

「別在意，黑令自從你們跑出去後，每隔十五分鐘就會睜開眼，確認一次你們回來了沒。」安萬里微笑地捅破黑令看似熟睡的假象，「好啦，差不多又十五分鐘了。」

黑令睜開眼，那雙淺淡如孤狼的灰眼睛裡果然沒半絲睡意，「柯維安，你學長真的，有夠煩。」

「對吧對吧？終於有人能夠了解我的想法了！」柯維安感動得離開椅子，一個箭步衝去握住黑令的手，「在這一秒，我覺得我們的心之牆厚度減少一釐米了！」

「聽起來和沒減少差不多。」一刻吐槽。

「隨便你們要說什麼，我要睡了。」曲九江把我行我素發揮得淋漓盡致。他將整房間的人都當成透明人，自顧自地刷牙，換上睡衣，回到自己的床位上。

「哇，小白，曲九江和狐狸眼的睡同張床耶。」柯維安抓著一刻說起悄悄話，「我還以爲他肯定會弄個火牆出來，以防狐狸眼的侵犯他的位置之類的。」

柯維安已經盡量壓低音量了，但房裡的人哪個不是耳力特別靈敏，可以說是一字不漏地聽見他的話。

安萬里露出長輩對晚輩的縱容微笑，「他本來是這麼打算的沒錯，但我怕房間會不小心被他燒掉，就用了一個折衷方法，守鑰結界一向很好用的。」

柯維安腦袋轉了下，就想明白守鑰的結界要如何使用。

簡單來說，就像小學生會在桌子上畫一條不能越界的三八線差不多，只不過線是改成了貨眞價實的結界。

「你們是小女生、小男生嗎？」同樣想到這一層的一刻翻了白眼。

「很大，不小了。」安萬里溫和地說。

一刻一點也不想探討那句話有沒有什麼雙關含意。

「言歸正傳。」安萬里拍拍手，把所有人的注意力拉過來，除了表明「誰都別吵我睡覺」的曲九江，「小白，你們這一趟出去，有什麼收穫？」

「看到那名傳說中的藍紗女人了。」一刻吐出一口氣，「就跟豐老闆說的一樣，年輕的女人，披著發光的藍色頭紗。至於之前的尖叫聲，是于苗苗她們也碰上她了。我們過去的時候，董郁青剛好被抓住。」

「你們有跟她打起來嗎？」

「打了，但沒打完。那女人後來把人扔下就消失了，消失前還要于苗苗明天晚上到螢石之窟找她，否則董郁青會永遠醒不過來。」

「那幾名女孩子，現在的情況是……？」

「都回到她們房間了，但董郁青的確叫不醒，我們打算明天跟去看看情況。」

「對方是妖怪嗎？」

「我不清楚，曲九江說沒聞到妖氣。」一刻搖搖頭，看向柯維安。

「我聞到了鬼氣。」柯維安皺著眉頭說，「但她給人的感覺……也不像是普通的鬼。一般亡魂要能具備力量，通常是要懷有相當深的怨恨，或者自身本就不是普通人，我無法確定她是哪一種。但說到鬼氣，我今天在另一個地方也感受到，只是我之前一直以爲是錯覺。」

「另一個地方？哪裡？」一刻訝異地問。

「螢石之窟。」柯維安吐露答案，「所以我在想，我當時感覺到的氣息……會不會就是藍紗女人的？」

「那裡，是她的根據地嗎？」安萬里指尖輕點桌面，從兩名學弟給的訊息，拼湊出更完整的線索。

「我覺得有可能。」柯維安挺直背脊，「副會長，我跟你說，那女人披的那襲光紗，你絕對想不出來是用什麼做的……是噬光蟲。我的老天，那些都是噬光蟲和牠們的黏液弄出來的！」

「蟲子的頭紗？」符芍音淡漠的小臉上出現一絲抗拒。她不怕蟲，但也不喜歡很多蟲子放身上。

「遠看很美，但只要一想到頭紗的眞面目就……」柯維安說得自己都起一身雞皮疙瘩，「噬光蟲主要出沒地也是在螢石之窟，所以藍紗女人和那洞穴絕對有某種關聯性。」

「她是鬼。」黑令冷不防地開口。

「對，我知道她是鬼……」柯維安下意識要把話接下去，接著他猝然瞪大眼，反應過來黑令的言下之意。

——人死爲鬼。

所以他們只要順著這條線索查下去，弄清楚曾有誰死在螢石之窟裡，就有機會釐清藍紗女人的眞實身分。

第八章

隔日一早，眾人便分頭行動，按照昨夜的計畫去鎮上四處打探，收集更多有用的情報。

分組方法很簡單，簡單粗暴的猜拳決定一切。

這也就是爲什麼一大早的，曲九江的臉色會比平時還要更生人勿近了。

套句柯維安說的，平常看起來像被人欠了八百萬，今天看上去起碼被欠了三千萬。

曲九江被分到跟安萬里一組，他們要負責前往螢石之窟，進行更深入的探索。

「九江學弟，我沒有別的要求，只要這一趟上去別把森林燒掉就好。」上山前，安萬里事先交代。

曲九江充耳不聞，連看都不看對方一眼，長腿一邁就是逕自往前走。

安萬里也不介意，雙手斜插口袋，看似步履悠閒，但速度一點也沒落下，很快就和曲九江並肩而行。

連假進入第二天，珠里鎮上依舊人滿爲患，出動的義交比昨日更多。相較之下，座落於老舊植物園後方的後山裡，冷清得近乎荒涼。

一路走來不見人煙，只有葉片被風吹動、時不時晃出的沙沙聲響。

「似乎……太安靜了。」安萬里輕聲說。

昨天走上來他們沒仔細留意，一群人熱熱鬧鬧的，說話聲蓋過不少動靜也是理所當然。只是今日只有他們倆，一旦他們沉默下來，周遭的靜默就被突顯得格外引人注目。

腳步聲、風聲、枝葉擦撞聲。

動物製造出來的聲音卻是出乎意外地少，就好像本該蓬勃的生機被從山裡抽走。

尤其越靠近螢石之窟，這現象便越發明顯。

「我們待會也在山洞外走一圈，檢查一遍。」安萬里想要確認自己的猜測。

兩名大男人來到螢石之窟前，他們稍微矮著身子，走進了洞穴裡，迎面撲來的是與外頭的燠熱落差極大的涼冷空氣。

再繼續往深處走，空氣裡漸漸多了一抹水腥氣。

除此之外，洞內並沒有聽見其他聲響。

直到安萬里兩人走到洞穴最深處，他們眼眸內不約而同地掠過了一抹暗色。

藍色星空消失了。

僅僅是一夜之間，洞穴裡的噬光蟲全數消隱，像退潮一般，包括岩壁上的螢藍黏液，全都消失得乾乾淨淨。

昨天的瑰麗情景彷如一場短暫幻夢。

「這是怕我們眼瞎，看不出這裡有問題嗎？」曲九江冷笑一聲。既然洞內只有他們倆，也就不隱藏自己的妖力，身邊瞬間平空燃起數盞艷麗紅火。

緋色火焰飛速在洞內晃了一圈，火光將深暗的壁面照得明明滅滅。在曲九江的心念操縱下，火焰在偌大洞窟裡四處飄移，驅散陰暗，試圖讓藏匿在洞中的某種存在被逼得無所遁形。

安萬里逐步在洞內行走。他走得很慢，眼睛仔細地掃過各個角落，希望能找出他們上一回疏忽的細節。

他來到被鎮民尊奉爲螢石大人的大石頭前，伸手摸上垂在白繩下的小木牌，指腹摩挲過去，什麼異狀也沒發現。

修長的手指接著又撫上石頭表面，鏡片後的眼瞳閃過深思。

妖對神明的氣息一向敏銳，絕大多數原因是來自於雙方的敵對立場。

但這一次，纏附在石頭上的仙氣好像又比先前的再稀薄一點……

安萬里暗忖：怎麼回事？是自然消散了嗎？還是有什麼吸走了它，又或者是……

短時間內，安萬里整理不出明確的思路，他還需要更多線索，這些得等柯維安他們帶消息回來。

他繞著巨石附近走，直到他的鞋尖在微微鼓起的沙礫堆上踢到了某個硬物。他低下頭，將沙子抹開，露出底下的黑色物體。

「這是……」安萬里拾起被埋住的東西，發現是一台損壞的小型相機，邊角處還貼了一張小花姓名貼，上面的「芊茉」應該就是相機主人的名字。

「發現什麼了？」曲九江注意到角落的動靜，手一揮，烈火有如發洩般地全砸進了碧綠的水潭裡，激起一陣波瀾。任憑火焰消散，他邁步走近安萬里身畔，眼神落到對方手中的相機上。

「不知道還能不能用。」安萬里找到電源鍵，按下後毫無反應，如他心裡預期，所以並沒有多大失望，「回去再把它的SD卡拿出來檢查一下，看這台相機有沒有拍到什麼。」

會將相機丟在這，而相機的外觀還有明顯毀損，怎麼看都不像是單純的遺失而已。更可能是相機主人身上發生了……預料不到的事。

「來這祭拜那顆石頭的人，居然也沒發現這東西嗎？」曲九江冷淡地問。

「我們可以問問豐老闆，看鎮民是多久時間會過來這邊祭拜螢石大人，我個人是希望有一個固定的頻率。」安萬里讓相機懸在他的掌心上，手指翻轉出漂亮的弧度。

下一秒，相機竟平空消失。

守鑰一向擅長掌控結界和空間，收納小東西不是什麼難事。

即使曲九江沒再問出為什麼，安萬里還是自顧自地說，「假如有固定時間，就不難判斷相機是什麼時候掉的，所以鎮民才沒有發現它的存在。不過要是SD卡能夠順利讀取，那我們能得到的線索就更多了。」

「我們沒有帶讀卡機。」曲九江潑冷水。

「買就有了，便利商店真是個值得誇讚的好發明。」安萬里由衷地讚歎，「太方便了，要是放在幾百年前，我們都沒想過會有它的出現，這就是我那麼喜歡人類的原因。」

嘴上誇讚著人類智慧的結晶，安萬里手上也沒閒著，快速發出一條訊息給柯維安，要他回來時記得去買個讀卡機。

有學弟能夠負責跑腿，他怎麼可能自己去做勞心勞力的工作呢？

「九江學弟，你那邊一樣沒發現嗎？」

「目前沒有，你讓我直接在洞裡放火……」

「那我就要被十炎放火燒了。」安萬里微笑地截斷曲九江的計畫。

把珠里鎮的信仰之地放火燒掉，那絕對不是一個好主意。

「我們走吧，到外面看看，我覺得洞裡應該是沒問題的。或許是我們想太多，過於杞人憂天了。」

聽著安萬里柔和的話語，曲九江看安萬里的目光像在看一個神經病。

「你發燒了？」

「我很肯定沒有。」

「那就是撞到頭了？」

「我同樣確定沒有。」

曲九江瞇細眼，凌厲的眼神像要把安萬里洞穿，好弄清楚對方是在打什麼主意。一個平常想像力過度豐富，也可以稱之爲愛腦補的傢伙，居然會說自己想太多？

「相信我，九江學弟，這裡沒問題。」安萬里假裝沒看到那赤裸裸寫著「你有毛病」的目光，率先往洞口方向走出去。

曲九江眼尖地發現，安萬里在行走間還暗暗捏了一個手勢。他沒有感受到什麼，但這無疑說明了對方一定做了某種不爲人知的手腳。

曲九江打量洞內最後一眼，也跟著走出洞外。

一彎身走出岩洞，盛夏的空氣就毫不客氣地灑下它們的攻擊，熱度有如密密麻麻的細針，落在安萬里和曲九江的皮膚上。

曲九江還好，安萬里現在使用的是擬殼，無法自行調節體內溫度。他以手搧風，專挑樹蔭多的地方走。

「沒想到這時間點的天氣，居然會這麼熱啊。」安萬里感嘆地說，「以前最熱不過

二十七、八度，現在都直接往三十七、八度飆了。眞想趕快能使用自己的身體，擬殼多少還是有些不方便。」

「那你還得帶一間芭比娃娃屋出來。」曲九江嘲諷地說。

安萬里卻像沒聽出他話裡的尖刻，「我的確有一間，是里梨送給我的。粉紅色，相信小白會很樂意替我提著它走。」

「你敢讓我的神做那種事，我就先燒了你的屋子。」曲九江說，提著娃娃屋在他看來太有損形象。

「那到時候九江學弟願意幫我拿嗎？」安萬里選了一條似乎人跡罕至的山路走。不像他們來時的道路有經過刻意修整，這條山路顯得崎嶇不平。

曲九江不想再接續這個話題，他對這個學長實在喜歡不起來——狡猾、捉摸不定，似乎還總愛故意以逗弄別人爲樂。

要不是猜拳猜輸，曲九江更寧願獨來獨往，他一個人也能做很多事。

沉默地跟著安萬里走了一段深入山裡的小路，曲九江想起先前在洞窟內的疑問，「螢石之窟裡怎麼看就是有問題，你剛才……」

「是眼睛瞎了嗎？」安萬里流暢地把曲九江未竟的話接下去。

曲九江冷哼一聲，他確實是想扔出這幾個字沒錯，安萬里有自知之明最好。

「就是因爲沒瞎，才更要說沒有問題。」安萬里繼續往前走，神情閒適，「我們推論螢石之窟是藍紗女人的根據地，她只在月亮最細的夜晚才會出現在珠里鎭上。這說明了她不能隨心所欲行動，有某個原因限制了她的自由。而今天則是農曆初四，是她無法出現在鎭上的日子。」

既然無法出現在鎭上，換句話說，藍紗女人很可能正待在螢石之窟中，只是將自己的身形隱藏得極爲隱密，讓他們兩人都找不出來。

曲九江當下明白了安萬里的意思。

安萬里的舉止是故意做給藍紗女人看的，好讓對方降低戒心。

「我留了一絲妖氣在洞內，幫我監視裡頭的情況。」安萬里解釋起自己稍早在洞裡的小動作，「我們還不能確定藍紗女人是不是單純的亡靈，依我看來，她顯然還融合了什麼。爲免被她察覺到不對勁，我把妖氣藏在結界裡，短時間內不會外洩出去。」

「你眞應該跟柯維安同隊。」曲九江不耐煩地說，「一樣吵死人了。」

「九江學弟你話少，學長的我話多一點不是剛好嗎？」安萬里慢悠悠地說，「況且，你不覺得這地方眞的太安靜了一點。假如我不開口，學弟，你能聽到什麼嗎？」

曲九江猛地頓住腳步。

安萬里說的沒錯，這片山林眞的太過安靜了。

走向螢石之窟前，山林內多少還有零星聲音，讓人察覺到生物活動的跡象。

可是他們現在所處的這方地帶……

簡直化作一片寂靜。

聽不見蟲鳥或是獸類製造出的聲響，而且，乾淨得不正常。

那種乾淨不是人類肉眼可以見到的環境變化，而是缺少了妖鬼的氣息。

「一座山裡，不可能連一絲妖氣或鬼氣都沒有。」安萬里平靜地說，「就算那位螢石大人日後眞成了無名神，也不會出現這種現象。如果有，就表示當地的平衡遭到刻意破壞。」

「那個女人做的嗎？」曲九江指的是令鎭民聞之色變的藍紗女人。

「也許是。」在查明眞相前，安萬里素來不會將話說得太死，「我們再往裡面走一點吧。九江學弟，假如碰上危險，就要麻煩你保護我了。」

曲九江像是沒聽見，頭也不回地往前走。

但是安萬里能夠看見曲九江的髮絲滲入赤艷的紅色，手臂上也有火苗跳動，彷彿隨時就能壯大火勢，凶猛地衝向敵人。

安萬里微微一笑，提步跟了上去。

□

連假進入第二天，珠里鎮今日依然人滿爲患，著名的幾條街上可以說是摩肩接踵，稍不注意就會撞到身邊人。

而在人潮之中，有道人影可說格外顯眼，高大的體型有如鶴立雞群。

黑令仍然穿著黑外套，拉起兜帽，順著人潮方向，像是無根的浮萍，隨意往前挪移，甚至就連神情都是散漫無神的，彷彿壓根不在意自己最後會被推到何處。

假如有人從高處往下看，黑令反而成爲了一道另類的風景。

十五分鐘前，黑令本該是跟柯維安他們一塊行動。

依照柯維安的計畫，想要打探消息，就是要想辦法與鎮上的居民們多談話。但也不是隨意逮著人就開始追問藍紗女人出現的始末，那只會讓人心懷戒備。

畢竟藍紗女人的存在，令當地鎮民們心存畏懼。

正好珠里鎮有多條河流匯集，河上有多艘專門載運觀光客的小船往來，船夫大多是當地人，從他們口中詢問珠里鎮的風土民情與傳說最是適合不過。

柯維安對自己的能言善道和人格魅力相當有信心，假如再露出一張陽光開朗的笑臉，更容易讓人不生防備。

一刻和符芍音則是很有自知之明，要他們去和人聊天，大概用不了多久就能把天聊死了，他們不約而同地把信任的目光投給了柯維安。

柯維安挺起胸膛，表示絕對不會辜負同伴們的信賴，一切都交給他這個交際小專家就沒問題。

柯維安沒問題，但黑令那邊很快就碰到問題。

他們一行人要搭的小船滿了，只能夠再塞上三個人，排在最末的黑令便成爲被剩下的那一個。

黑令先是看看萬里無雲的天空，再看看沒有遮蔽物的河面，最後又看看上面塞滿遊客的小船。

又熱，又擠。

一秒內，黑令心中有了決斷。

「你們搭，我去買吃的，忽然想吃零食。」黑令說，「還可以去別的地方，找別的人，打聽情報。」

「雖然你的理由聽起來很正當，但爲什麼我總覺得……」柯維安狐疑地瞇細眼，目光如探照燈上上下下打量，「你只是嫌太熱和人太多，想找地方納涼一下？」

就算被柯維安猜中了，黑令還是面癱著一張臉，淺灰眼珠瞬也不瞬地與柯維安對視。

盯到最後是柯維安自願認輸了。他敢用自己的指甲發誓，要是自己不退一步，黑令肯定有辦法站在這和他盯到天荒地老。

「去去去，沒打聽到有用的，明天開始就別想從我這獲得零食了，連一粒瓜子都別想。」柯維安撂下狠話。

「別擔心。」黑令拉拉帽簷，把陽光擋在外邊，「和人交際，不會難倒我的。」

柯維安與一刻表情如出一轍，明擺著他們才不相信這句鬼話。

黑令懂得和人交際，那豬都可以在天上飛了。

倘若黑令知悉柯維安他們的內心想法，那麼他就會將靈力轉化成銀紫色的光點，在空中拼出小豬的圖案，以證明自己說的沒錯。

黑令是眞的認爲自己擅長和人交際，只是不知道什麼緣故，和他交際的對象不是氣得說不出話來，就是哭著求他閉上嘴巴。

黑令最後得出一個結論——那些人大概是有毛病吧。

獲得了光明正大的脫隊機會，黑令慢吞吞地從河邊擠到了路上，順勢讓人潮推擁，然後順利鑽出人群，揀了一條看起來沒什麼人的冷清小路走。

黑令憑藉著記憶，來到昨天買烤白鰻的地方，但令人大失所望的是，那個小攤今天掛上了本日公休的牌子。

黑令足足站了好幾分鐘才遺憾地挪動腳步，打算去尋覓其他零食。他記得昨天的桃花糕也還不錯，雖說甜了一點，但口感軟糯中帶著一絲彈性，讓人不自覺一片接一片。

雖然自己會交際，但要是被問的人又有毛病的話，他恐怕會無功而返。如此一來，他明天的零食就會被苛扣。

這問題很嚴重，不解決不行。

黑令木著一張俊帥的臉，決定就用桃花糕當成賄賂品好了，他的好朋友似乎很喜歡那項當地小吃。

黑令翻找著腦內地圖，鎖定好桃花糕小店的位置，只是還沒等他踏上購物的路途，就聽到前面有人說道。

「老李你不用白跑一趟啦，石明橋的桃花糕今天沒開，我剛經過看到的。」

捕捉到關鍵字的黑令頓住腳步，不出得循聲望過去，發現一間店鋪前聚集著幾個人，看模樣都是當地居民。

其中兩個還有點眼熟。

黑令打量一會，想起一個是他們民宿的老闆，另一個，好像是于苗苗的養父。至於其他三人，他在心裡幫他們標上了路人甲乙丙。

黑令一聲不吭地靠了過去，他那麼高的個子待在陰影裡，就像要和陰暗融為一體，猶如一抹被人忽視的鬼魅。

明明距離靠得那麼近，但幾名商店老闆就像全然沒注意到他的存在。

「昨天晚上是不是又出現了？」豐老闆皺著眉問，「我聽人說，昨晚街上有尖叫聲。」

「我也聽到了，聲音挺嚇人的。」穿著運動衫的中年男人壓低聲音，「聽起來是年輕的女孩子，不過我也不敢打開窗戶看，誰知道對上眼會不會也出事。」

「知道是誰碰上藍紗女人嗎？」豐老闆伸手要了根菸，「有沒有打火機，借一下。」

「拿去、拿去，你不是戒了嗎？」運動衫男人遞上打火機，「阿豐，該不會是你那邊的客人半夜跑出去了吧？」

「我有先跟他們提醒過了，而且我看他們都挺乖的，不像會亂跑……」豐老闆往嘴裡湊的香菸忽地在空中一停，「苗苗跟她的朋友昨天也住在我那。」

「嗄？又來喔。」戴著漁夫帽的中年男人反射性抱怨，話一出口才猛然想起于苗苗的養父就在一旁，他面露尷尬，「拍謝啊，老李，我不是……」

「沒事。」經營紀念品店的李老闆嘆了一口氣，「反正苗苗也不是第一次這麼做。她昨天生日，我們本來想為她慶祝，蛋糕都買了。但她好不容易回來一趟，沒說幾句話，人又跑了……」

「不是我要說，老李，就是你這態度把她慣壞的。」豐老闆搖搖頭，吸了一口菸，「她不愛住家裡是她的事，但每回帶朋友回來，都露出一副在你們家待不下去、你們對她不好的模樣。搞得那些外地來的年輕小鬼們都覺得她被你們虐待過，這次也一樣。」

「又來？算了，當我啥都沒講……」漁夫帽男人把差點脫口的嫌棄嚥回去，「喂，阿冰，你幹嘛惦惦不講話？」

「什麼阿冰？我是賣冰的，又不是姓冰，你少在那邊亂叫。」冰店老闆鄙夷地瞪了一眼過去，「我這是在醞釀情緒，醞釀你懂嗎？算了，以你的腦袋肯定不懂。」

「啊啊啊？你是沒被打過吼？」漁夫帽男人作勢要推他一把。

「行了，都多大人了，還跟沒長大的小鬼一樣。」豐老闆沒好氣地說，「阿冰，你是要醞釀什麼？有話不會快點說。」

「幹喔！就說老子不姓冰……」似乎知道爭論沒用，冰店老闆放棄再爲自己正名。他覷了一眼沉默抽菸、這幾天心情都不太好的李老闆，「老李，昨晚尖叫的……好像是你家那個女兒。」

「苗苗？」李老闆面露愕色，「你確定是她？」

「我家小孩說的，臭小鬼晚上爬起來偷看。」冰店老闆說起自家孩子的行爲也是一臉鐵青，「都警告他多少次了，晚上就乖乖睡覺。他說看到苗苗跟兩個女生跑到街上，沒過多久就聽見尖叫聲了。」

「你家小孩沒看到藍紗女人嗎？」豐老闆問。

「幸好沒有，不然我絕對揍他一頓。」冰店老闆氣憤地說，「不過老李，你女兒前幾次帶回來的朋友，是不是也有碰上藍紗女人啊？」

「好像是吧……上次還是上上次的樣子？」李老闆自己也不太確定，「苗苗說她的朋友討厭迷信，他們晚上非要跑到外面去，她也攔不住，誰知道他們就偏偏碰上了。」

「那她就別挑月亮最細的時候帶朋友回來啊！」漁夫帽男人心直口快地說，「也不知道她在想什麼。」

「孩子大了有自己的想法。」李老闆終究還是擔心自己養女的安危，「阿豐，苗苗這幾天是住你家民宿對吧。你再幫我多留意一下，她昨晚碰上藍紗女人了，我怕她也生病。」

「她明天就退房了，我可管不了那麼多。」豐老闆聳聳肩，沒興趣多攬責任。在他看來，他沒將于苗苗當成拒絕往來戶就已經很客氣了，「老李，她都不領你們夫妻的情了，你還替她想那麼多幹嘛？」

「再怎麼說，苗苗都是我們女兒啊……這十年的感情又不是假的。」

「你們對她有感情，你看看她，她像有嗎？虧你們盡心盡力照顧她，當初明明就不是你們的責任，只能說你們夫妻倆人太好了。」

「就是說啊，要不是那個叫于初雪的女人故意丟下自己妹妹……」

「于初雪是誰？」溫呑低沉的男聲倏地傳來，「她為什麼要丟下妹妹？」

「于初雪就是于苗苗的親姊姊啊。」冰店老闆想也不想地說，「十年前她們姊妹來我們鎮上，說是來玩跟過生日的，結果于初雪把妹妹扔在民宿裡，留下信，自己帶著行李跑了。」

「什麼信？」黑令問道。

「要好心人幫她收養妹妹的信。她說她們姊妹父母雙亡，她一個人照顧妹妹太累了，再也受不了了。」漁夫帽男人也加入話題，「要一個人顧孩子，對年輕女生來說的確很累，但也沒有這樣把小孩隨便丟下的，太不負責任了吧……那時候那個老闆都傻了，只好帶到派出所去。」

「然後呢？」黑令又問道：「她姊姊人呢？」

「早就不在了，只能說上天都有註定的事啦。」冰店老闆唏噓地說，「誰也沒想到于初雪剛好跑到螢石之窟去，結果意外在那邊溺斃。警察判斷她是不小心踩滑掉下去，又不會游泳，才會……最後是老李他們好心收養于苗苗，不然她就要被送到育幼院去了。」

「那于苗苗知道于初雪拋棄她嗎？」黑令提出問題。

「不，我們沒讓她知道。」李老闆深深吸了一口菸，「我們怕她會胡思亂想，便把于初雪的信收起來，只跟她說她姊姊出了意外。」

黑令想了想，覺得自己還剩一個問題想弄清楚，「信現在在哪？」

「放在我家樓上……」李老闆話說到一半，終於慢半拍地意識到有個地方不對勁。他們一群中年人講話，怎麼會莫名其妙多了一個年輕人的聲音？

他抬起頭，手裡的菸頓時鬆開掉落。他目瞪口呆地看著不知何時湊在他們旁邊的黑兜帽青年，「你……年輕人，你哪位啊？」

「夭壽！你是什麼時候站在這的？」漁夫帽男人被嚇得忍不住摀著胸口，「你到底是誰啊！」

還是豐老闆先認出黑令，「你不是……你不是跟安先生一起來的？就這幾天住我民宿的嘛。」

「嗯，是你的客人，你好。」黑令坦蕩蕩地說，絲毫沒有偷聽別人八卦被抓包的自覺，「要去買東西，不打擾你們，你們可以繼續說。」

「啊？喔……喔。」豐老闆一時語塞，只能乾巴巴地擠出三個無意義的音節。

場面一度陷入尷尬。

造成這局面的黑令依舊沒有自覺，他朝幾名小店老闆點了點頭，踱著慢吞吞的步伐再度踏上尋找零食之旅。

被打岔的老闆們也聊不下去了，他們匆匆結束談話，各自回到店舖裡。

誰也沒有發現到，應該遠去的黑令忽地停下腳步。

一身漆黑的高個青年仰高頭，淡得像玻璃珠的灰眼睛鎖定了紀念品店的二樓，那裡的窗戶正大開著。

時間飛逝，天色漸漸暗下。

天邊的夕陽將大半天空染成瑰麗的橘金色，乍看下彷如灼艷大火即將在雲層上燒起。

相較於鎮上被晚霞包圍，上方形成了火燒雲般的情景，更遠的山峰頂端則是已被轉成暗藍的天幕覆蓋。

本就鮮有人跡的後山裡，此刻更是冷清蕭索，山中該有的蓬勃生機好似被看不見的大口一舉吞噬。

尤其是越接近螢石之窟，那股氣氛就越發詭異，甚至連丁點聲響都沒有。

山裡所有生物都像是把此處列爲禁地，誰也不敢靠近一步。

倏然間，有個細微聲響撕裂了這方死寂。

一抹披著長長頭紗的人影從洞穴暗處走出。

她赤著腳，但灰白色的皮膚卻乾淨得不可思議，沒有沾染上任何髒污。她踏過地面上的砂礫，製造出了沙沙細響。

披散在她背後的頭紗散發著螢藍光芒，明明洞內沒有一絲氣流，那襲幽藍色的光紗卻像被無形之力托扶著，飄浮在空中，如同一條懸空的光帶。

女子前行的腳步在洞口前驀然停下，她站在洞內，與洞外僅隔一步之遙。

她舉起手，灰白色的手指往前探出，指尖眼看就要伸出洞穴外。但就在洞內與洞外的分界之處，就像有一面看不見的屏障，硬生生擋住了她的手。

女子沒有辦法走出螢石之窟。

多年來日復一日，她只能被困縛在這座岩洞裡，除非月亮最細的夜晚。

但過了今晚，一切就會不一樣了。

「快來啊、快來啊……」女子殷切地喃喃自語，詭異的笑意爬上她的嘴角，繼而蔓延到她的眉眼。

灼熱的欲望在她眼底和心裡不斷燃燒著，她眼裡閃爍著熾烈的異光，冰涼的血液彷彿也要隨之沸騰。

她等了那麼久，等了那麼多年，終於等到最合適的那個人。

她將會得到，她最想要的——

最後一縷霞光終於被黑夜吞沒，大片陰影落下，覆蓋了佇立在岩洞內的纖細人影，也覆蓋了正從人影心口處快速鑽出的漆黑細線。

第九章

在外查訪了一整天，一回到民宿房間裡，柯維安馬上把自己丟到柔軟的床鋪上，讓身體陷了進去，恨不得一輩子能跟床難分難捨，最好永遠不要分離。

「小芍音、小白，晚安。」柯維安拉上被子，有氣無力地說。

「唱搖籃曲？」符芍音問道。

「好啊、好啊。」柯維安眼睛登即亮了起來。

「好個屁啊，起來。」一刻將包包扔下，不客氣地打碎了柯維安的美夢，「你是忘記我們還得到學長他們的房間去嗎？學長他們也回來了。」

「那，下次唱。」符芍音惋惜地拍拍柯維安的手臂，啪噠啪噠地跑到廁所去洗把臉。

「嗚嗚，我現在只想好好睡上一覺……」柯維安可憐兮兮地說，他的體力條已經徹底到底了，「小白，人家好累啊。」

「跟你說要鍛鍊身體，你都沒在聽。」一刻才不給予同情，「體力爛成這德性，回去請帝君給你特訓吧。」

「噫！我怕師父一特訓下去，我的小命就要沒了。」柯維安臉色發白，緊抓住衣領，

「小白，我覺得我受到太大刺激，請讓我睡上一覺調適心情。」

「我覺得學長會讓你永遠安眠。」一刻眞誠地說，「如果你不介意這事發生的話，那就別起來吧。」

「不不不，我這就立刻起來！」柯維安才不想一睡不醒，他身上像裝了彈簧般跳起。

等符芍音從廁所裡出來，一刻就帶著一大一小往隔壁房去，他敲敲閉掩的房門。

出來開門的是安萬里，而令人意外的是，房裡只有他和曲九江，與他們同房的黑令還沒回來。

「黑令人呢？」柯維安訝異地說，「我以爲他早該回來了。」

「他不是跟你們一起行動？」安萬里比柯維安更詫異，「維安，連你也不知道嗎？這樣不是一個好飼主。」

「呸呸呸，副會長你在說什麼？我哪養得起那麼大的一隻寵物……不，那不是養寵物，那是養巨人了吧。」柯維安忙不迭擺手，想要劃清責任。

安萬里只是微笑，反正柯維安再怎麼反駁，所有人都把他視爲黑令的零食金主了，就連黑家的人亦不例外。

換句話說，黑令就是柯維安要負責的。

「幹嘛這樣笑著看我？」柯維安搓著手臂，覺得皮膚都起了一層雞皮疙瘩。

「所以黑令人呢？」一刻把問題再繞回來。人沒有到齊，他們很難統合情報，順利開會，「柯維安，你問他人在哪裡？」

柯維安剛拿出手機，關上的房門冷不防又被人打開。

身高腿長的灰髮青年從外頭走進，正是話題主角黑令。他手上還拎著一個袋子，裡頭鼓鼓的，似乎塞了不少東西。

「黑令，你是跑哪去了？」柯維安放下手機，納悶地問，「買個零食要花那麼多時間？你根本是跑到異世界去買了吧？」

「沒去異世界。」黑令說，「去當小偷了。」

「好好好，辛苦你了……」柯維安以爲黑令是在說笑，也沒眞的放在心上。他看著黑令將袋子遞過來，好奇地打開一看，一張娃娃臉頓時發光，「是桃花糕！」

一聽到好吃甜食的名字，符芍音快速湊過來，鼻頭微微動了動，甜甜的香氣讓她的眸裡像有小星星閃耀。

「最好吃的那家，沒開，我去別間買的。」黑令換上室內拖鞋，看見自己的床位被柯維安和符芍音坐去，自動自發地選擇窗台旁的平台落坐，那雙大長腿稍顯憋屈地屈起。

「給我們的？謝啦。」柯維安眉開眼笑，頰邊露出可愛酒窩。但緊接著，他笑容凝住，轉爲嚴肅的表情，「等等，你不會是什麼也沒問到，才想說買桃花糕回來賄賂我的吧？」

還眞的被柯維安說中了黑令最初想買桃花糕的緣由。

「喂喂，不會被我說對了吧？」

「說錯了。有問到，很多、很多。」

「眞的假的？」柯維安還是不太相信，「那你就說個會讓我們大吃一驚的消息。」

「她不是八二三小隊的。」黑令從善如流地說。

「什麼？」這沒頭沒尾的一句話，讓柯維安忍不住浮現困惑，「你說誰？」

「于苗苗。」黑令說。

「喔，于苗苗不是八二三小隊……慢著！」柯維安後知後覺地反應過來，錯愕躍上他的眼底，「你的意思是，她不是八月二十三號生日嗎？」

「對。」

「但她不是說……那她是什麼時候生日啊？」

「昨天。」

「昨、昨天？」柯維安被繞糊塗了，一頭霧水地問，「可是她爲什麼要謊稱自己是八月二十三號生日？」

「不知道。還有，十年前，她姊姊溺死在螢石之窟裡的水潭，屍體還被蟲吃了部分。」

黑令猛地又扔下一個驚人消息。

接連的震撼彈在眾人眼前砸下，果然結結實實地讓柯維安大吃一驚。他瞪圓眼睛，嘴巴也不自覺地呈現大開狀態。

「這還真是……」就連安萬里都沒有預料到，黑令會一口氣帶給他們那麼多「驚喜」，「做得好。」

「是挺好的，但拜託你一口氣說完行不行？」柯維安拍著自己的胸口，他得要吃一片桃花糕來壓壓驚。

符芍音像聽到柯維安的心聲，主動剝了片末端染著淡紅、有如花瓣的糕點送到他嘴邊。

「你剛剛沒要求。」黑令認真地回答。

柯維安正心滿意足地吃著妹妹遞來的桃花糕，決定大度地不跟黑令計較。

「我先說我們這邊的發現吧。」安萬里不期望曲九江開口，自然而然地攬下發言責任，「螢石之窟附近太乾淨了，乾淨到透著古怪。那樣的山，存有小妖或是鬼魂都很正常。」

「所以都沒有？」柯維安嚥下食物，訝然地問，「完全沒有？」

「沒有。」安萬里給予肯定的回覆，「洞內的噬光蟲也消失無蹤，就像不曾出現過。」

「包括那些會發光的黏液也……」

「也不見。」

「這擺明就是透露著那裡絕對有異常的嘛。」柯維安摸著下巴，「用科學的觀點來看，噬光蟲吐出的黏液很難一夜之間全不見的。」

「顯然我們得用不科學的觀點來看。」自身就是不科學存在的安萬里沉穩地說。

「學長，你們還有其他發現嗎？」一刻問道。

「他撿了個破相機回來。」曲九江忽地插話。

「被埋在沙子底下。」安萬里張開手，原先空無一物的掌心上瞬間出現氣流扭曲的晃動。下一秒，一台外表損壞大半的相機落在他手中，「我跟鎮上的人打聽過了，鎮民主要會在農曆月中去洞裡祭拜螢石大人，他們也在那時候一併清掃洞內環境。這台相機被埋得不是很隱密，我推測，相機被遺失在那邊，恐怕就是這陣子發生的事。」

「啊！」柯維安恍然大悟，「怪不得你要我們回來時順便買個讀卡機。」

「學長是認為裡面的ＳＤ卡還能讀嗎？」一刻問。

「不確定，但我們可以試試看。」安萬里微微一笑，再攤開另一隻手。一枚碧綠色的半透明晶體浮現，乍看下宛若剔透的碧火，「這是我留在螢石之窟裡監視用的。」

「監視？」

「洞裡的噬光蟲和藍色珠簾一夕間全消失了，這可不正常。因此我留了一點妖氣在那，若有異常動靜，都會透過這個告訴我。維安，你先看看那張ＳＤ卡。」

「交給我、交給我！」柯維安迫不及待地接手這份工作，他拿出筆電和讀卡機，再靈巧地從相機裡拆出一張極爲小巧的ＳＤ卡，「黑令你繼續說你打聽到的。」

黑令慢條斯理地開始複述著從鎮上老闆們口中聽見的各種消息。

總結起來有四個重點。

一，于苗苗的姊姊叫于初雪，兩人相依爲命，但于初雪後來嫌妹妹累贅，把人惡意拋棄在鎮上民宿。

二，于初雪十年前意外溺斃在螢石之窟的水潭裡。

三，于苗苗的生日是昨天，而非她自稱的八月二十三號。

四，于苗苗和養父一家人，以及鎮上的人都相當不親。

「哇喔，這聽起來都可以演一齣狗血八點檔了。但于苗苗到底想幹嘛？」柯維安狐疑地摸著下巴，感覺于苗苗至今的所作所爲都像籠著一個大謎團，「還有我們之前討論的人死爲鬼，于初雪十年前死在那，但藍紗女人昨夜又攻擊于苗苗她們……于初雪當初就算成了鬼，會不會也被藍紗女人吞了？副會長說過，螢石之窟附近太乾淨了。」

「我比較在意的是八二三那天有什麼特別的嗎？她爲什麼要冒充那天生日？」這是一刻最百思不得其解的地方。

「雖然學長很優秀，但也沒辦法猜出來。」安萬里遺憾地說。

「……學長，我只覺得你的臉皮變厚了。」一刻嘴角微微抽搐，最初的高雅溫和印象如今都碎得跟渣渣差不多了。

安萬里把這當成誇獎，「維安，SD卡能讀嗎？」

「能能能，有照片跟影片。」柯維安一彈指，宣布讀取成功，「檔案不多，照片最早日期是上半年，也許這台相機才買不久，或者是相機主人把之前的檔案清掉了。影片的話是半個月前的，我們先看哪個？」

「影片。」安萬里拍板定案。

柯維安點啓播放，影片裡最先出現的是眾人如今再熟悉不過的景象。那是螢石之窟內的道路，時不時還能聽到年輕女聲的自言自語。

「早知道該多穿一件小外套了……」

隨著鏡頭晃動，相機主人走到了洞穴最底端，繫著白繩的大石與青碧色的水潭都被納入了畫面裡。

沒有噬光蟲的蹤影，更遑論是由牠們製造出的螢藍色黏液。

「怎麼會這樣啊！」

女孩發出了失望的大叫聲，從她的反應來看，她顯然知道這裡有著藍色星空的存在。

「可惡，眞是白浪費時間了……」

女孩嘀咕著，鏡頭像是百無聊賴地隨意拍攝，然後轉向被陽光鍍上金粉的碧翠水潭上。

平靜無波的水面映出了一張漂亮的臉蛋，但沒過一會，女孩就感到無聊地轉身離開。變故就在下一刹那發生。

女孩短促的驚叫在影片中響起，拍攝角度霍然變得凌亂，似乎相機被丟了出去，一道拋物線後摔在地上。畫面震顫了下，最後定格在寫著「珠里」兩字的木牌上，直到轉成漆黑。

影片就此結束。

「有辦法看到她發生什麼事嗎？」一刻沉聲問。

「我看一下喔……」柯維安迅速將影片往前拉，將畫面放大再放大，再將播放速度調慢，最後重新播放。

但即使如此，鏡頭還是沒有捕捉到任何可疑之處，只能從影片收進的聲音判斷，相機主人恐怕跌進水潭裡了。

「淹死在裡面了嗎？」曲九江漫不經心地說。

一刻瞪了一眼過去，「你不能開口說點好話嗎？」

「那你不如期望室友B會飛。」曲九江說。

「別燒到我身上來好嗎？」無端遭受波及的柯維安苦著臉，擱在鍵盤上的手指卻也沒有停下，一併開啟資料夾裡的其他相片。

大多是相機主人的自拍照，她笑得青春洋溢，甜甜的酒窩浮在頰邊，從外表看，大約是二十出頭。

「相機有個姓名貼，上面的名字是芊茉。」安萬里將相機貼著貼紙的那一面轉過。

柯維安瞄了一眼，把那兩字記下，「我來找看看，只要她有在網路上活動，那肯定能找到一些痕跡的。」

其他人對這方面都不如柯維安熟稔，他們直接將這項工作交給他，在旁耐心等待結果出爐。

柯維安動作很快，他從最熱門的幾個社群網站入手，從IG、推特到臉書，再藉由人名和照片來做比對，果然在IG上找到了他的目標對象。

他飛快瀏覽上面的動態，發現最新發布的照片停留在上個月，從日期來看，是她來到珠里鎮之前。

「小白、副會長，這個芊茉好像沒再更新了，我是說她的IG。」柯維安向眾人報告，繼續移動鼠標，查看一則則動態，「她的追蹤人數不算多，照片下的留言最多也不會超過十來則……」

看著看著，柯維安忽然注意到一個眼熟的頭像，那是董郁青的自拍照。他不假思索地連到了董郁青的帳號，在最新一張照片底下，看見了芊茉的回應。

這表示芊茉並沒真的在螢石之窟內出事。

「也是啊。」柯維安敲敲自己的腦袋，「要是前陣子有人在洞裡發生意外，豐大哥應該會特別叮嚀我們。」

但保險起見，柯維安再從董郁青的IG上順藤摸瓜地找出了她的臉書帳號。她的臉書是公開的，許多關於她的個人資訊輕易可見。

柯維安在她的好友中找到了芊茉。

芊茉的臉書沒放什麼照片，但文字動態不少，看起來像是將臉書當成抒發心情日記的地方。

其中最吸引柯維安目光的，莫過於芊茉的生日。

一樣是八月二十三號。

八二三，于苗苗謊稱自己是八二三生日。她身旁的兩名朋友，董郁青和袁柳也是這一天生日。

現在再加上一位芊茉。

「八二三，很厲害？」符芍音不解地問，「大家都八二三？」

「也沒有到大家，目前我們知道的就是董郁青、袁柳、芊茉，還有小白……唔，同一天生日的突然都聚一起，感覺實在太可疑了。」柯維安敢用黑令的零食發誓，這個日子鐵定藏有什麼不爲人知的祕密。

對某些人來說的祕密。

柯維安刷起芊茉的貼文，一邊尋找他覺得值得注意的部分，「她在上上禮拜大病一場到現在，這期間一直跑醫院檢查，卻找不出確切原因。生病之前曾發了一則想去珠里鎮的動態，再更之前是認識了好多同天生日的小夥伴，覺得很開心……」

「好多，同天生日的？」一刻重複著這幾個字，從字裡行間嗅出可疑的氣味。

「甜心，我們可以大膽假設一下。」柯維安有個想法，「于苗苗不是八二三出生，但她假裝自己是，她同時也是半個珠里鎮人。所以說，會不會是她特意去聚集這些同天生日的人，並想辦法讓她們前來珠里鎮呢？」

「但要怎麼確認她就是？」一刻希望能找到更關鍵的證據。

「找社團。」黑令天外飛來一筆。

「啊，差點忘記社團了！」柯維安用力地拍下前額，「芊茉這裡沒顯示出參加社團，那就得從董郁青那邊找，還得要把袁柳和于苗苗的帳號都找出來……」

柯維安嘴上叨唸不停，手上同樣沒有停下。他接連開了好幾個頁面，以驚人的速度開始交叉比對，從海量資訊中飛速翻找出他需要的有用情報。

他找到了于苗苗和袁柳的個帳，前者帳號是鎖起來的，只讓人看到名字和頭像，其他都是一片空白。

至於袁柳的情況和董郁青差不多。

柯維安藉由雙方的重疊性，找到了成爲她們認識契機的社團——八二三小夥伴。

社團屬於不公開性質，但能夠看見管理員的身分。

「找到了！」柯維安舉起雙手。

社團是一年前建立的，在管理員介紹處，「于苗苗是管理員」這行字清楚列在上面。

如此一來，柯維安先前的論點便有了實質上的支撐。

「小白，你覺得我們要去問于苗苗嗎？問她爲什麼要找八二三生日的人？」

「不。」

「咦？眞的不用？」

「你去問她，她就一定會老實跟你說嗎？她就算隨便唬爛一個她對這天生日的人很有親切感，你也沒辦法說她有錯。」

「那她對小白你一定也很有親切感。」柯維安隨口說了這麼一句，隨即他眼睛瞪大，「沒錯，還有你啊！小白！」

「三小啦？」一刻被柯維安熱切的視線看得想後退一步。

「你也是八二三生日，今晚我們又要與她一塊出門。既然如此，小白你就多跟緊她一些，看她會不會主動找你說什麼。」柯維安一拍雙手，爲自己的機智叫好，「我眞是天才！」

「看不出，有哪裡是天才的地方。」黑令連潑人冷水都是一副有氣無力的模樣。

「知道你是眞天才，你好吵，閉嘴啦。」柯維安敷衍地揮揮手，不理會縮著大長腿、坐在窗邊平台上的大個子，「總之，我們就是以不變應……」

房內猝然傳出了炸裂聲，猶如有人失手重重砸碎了玻璃製品。

柯維安剩下的兩字還卡在喉嚨中，他睜圓眼，震驚地看著安萬里身前。

就在剛剛，安萬里以妖力製造出來的碧色結晶從中心裂開，化成多塊碎片，進而又消隱無蹤。

「學長！」一刻心中瞬凜。

「我放在螢石之窟的妖氣被發現。」安萬里沉穩的神情一變，眸裡滑過凌厲，「對方把它捏碎了。」

「是那個藍紗女人嗎？她終於現身了嗎？」柯維安急急地問：「那我們現在……」

是該立刻趕去螢石之窟，還是先等于苗苗找上門來？

不待柯維安提出自己的疑問，敲門聲率先爲他做出決定。

于苗苗先找上門了。

面對柯維安等人投來的眼神，安萬里有條不紊地替學弟們分配任務，「小白、維安、黑令和九江學弟跟于苗苗一起去。我和芍音留守，防止董郁青那邊再出什麼意外。」

「交換，保護哥哥。」符芍音拍拍胸口，強烈表達她想跟去的意願。

柯維安彎身握住符芍音的手，和她說起悄悄話，「小芍音啊，狐狸眼的其實很虛、很需要人保護，他要是隨便一撞，都可能會被撞壞的。所以這項重責大任就拜託妳了好不好？我相信妳一定可以的，哥哥最相信妳了！」

「唔。」符芍音望向據說有如玻璃般脆弱的安萬里，隨後慎重地點點頭，接下了保護安萬里的重大任務。

離門邊最近的一刻上前開門。

房門一開，于苗苗焦慮又緊張的臉孔躍入了眾人眼裡。

于苗苗無意識地揪著衣角，「我剛敲另一間的門，沒人應，所以才想說過來這……」

一刻飛速朝柯維安扔了一記眼神，後者馬上意會，一個箭步衝上前，接下與人交際的工作。

「是現在要出發到螢石之窟了嗎？」

「我……我看外面已經晚上了，我也不敢太晚到後山去。」于苗苗聲音細若蚊蚋地說，「你們會陪我去吧？昨天你們說好的，會跟我一起……」

「別擔心，我們會跟妳一起過去的。」柯維安的笑容素來有安撫人的效用，「那我們現在就……」

「不是現在！」于苗苗連忙打斷柯維安的話，衣角在她手指間幾乎像要被扭成麻花，「再等一會，等袁柳姊姊回來，不然郁青沒人照顧……我只是想說，應該先過來跟你們提醒一聲。」

曲九江發出不屑的哼聲，他能從于苗苗的話裡聽出更深一層的含意。

她是怕他們出爾反爾，扔下她不管了。

曲九江確實懶得搭理，但他的神不是；既然如此，他也不會丟下他的神不管。

「再十分鐘。」怕自己沒說出個確切時間，柯維安等人就會將她棄之不理，于苗苗急急地說道：「袁柳姊姊快回來了，十分鐘後，我們直接在民宿外面見。」

柯維安比出一個沒問題的手勢。

十分鐘後，出發到螢石之窟。

手機裡又傳來于苗苗追問自己何時回來的訊息。

袁柳咂下舌，回傳一句「快到了」。

她才剛買完晚餐，昨夜的遭遇在她心裡留下陰影，使得她不敢在外面逗留太晚，腳步加快地一路趕回民宿。

一樓沒看到豐老闆的身影，看樣子是提早離開。

袁柳輸入了門鎖密碼，房門應聲開啓，待在裡頭的于苗苗立即站了起來。

「袁柳姊姊，妳回來了！」

「郁青還是一樣嗎？」

雖然知道自己問了也是白問，但袁柳還是習慣性地開口。她將便當隨便擱在桌上，把自己扔進一張椅子內，艷麗的面容上是掩不住的疲累和鬱悶。

「嗯，郁青還是沒醒來……」于苗苗小聲地說，「袁柳姊姊，我有事要回家一趟……」

「等等，苗苗。」袁柳喊住了準備離開的那抹身影，「你們鎮上關於藍紗女人的傳說，就沒有提到如果有人陷入昏迷，要怎樣才能讓他醒過來嗎？」

「對不起，我眞的不知道……」于苗苗難過地說。

「不知道、不知道，妳什麼都說不知道！」袁柳忽地怒從中來，「妳還知道什麼啊？要是妳早點攔住我們，我們又怎麼會跑去追那個藍紗女人？現在妳看，事情變成這樣了。妳要是跟我們說清楚那女人很危險，我們一定會待在民宿裡面的！」

于苗苗頓時紅了眼眶，哽咽的嗓音裡透出莫大委屈，「我眞的不清楚啊，我也沒想到會發生這種事……」

這時候看見于苗苗的眼淚，只讓袁柳更加煩躁，「算了、算了，妳先回去吧，留在這也不會讓郁青立即醒過來……該死的，要是她明天再不醒，還得想辦法聯絡她的家人。怎麼出來玩還得碰上這種倒楣事啊……」

等到于苗苗離去，房內剩下自己和至今沒醒過來的董郁青，袁柳煩悶地吐出一大口氣。她抓抓頭髮，還是不明白事情怎麼會變成這樣。

她們明明是來珠里鎮拍照的，但居然眞的碰上了鎮上傳聞的藍紗女人。

只要回想起藍紗女人的模樣，袁柳就忍不住打了個哆嗦，寒意無法抑制地從心底深處漫出，像要把她的血液一併凍成冰。

那是眞的……那個傳說，竟然是眞的！

早知道不要離開民宿就好了……就乖乖待在頂樓拍照，爲什麼偏偏要追出去呢？

袁柳咬著嘴唇，在唇瓣上無意識留下淺淺的齒印。

她記得很清楚，昨晚她們在屋頂上望見那抹發光人影後，立刻興奮地跑出了民宿，憑著記憶中的方向，終於找到了她們的目標。

她們追得上氣不接下氣，但映入眼中的美麗幽藍色瞬間振奮了大家的精神。

包括袁柳自己，她們從未見過如此虛幻飄渺、又美得不可思議的藍光。

宛如跌入深夜路上的藍色星空。

而披著那襲夢幻光紗的，是名體型纖細修長的女人。

起初隔著一段距離，對方又是背對著她們，加上當時的光照僅有垂掛在路邊的成排紅燈籠，她們沒有發覺到對方身上的異樣。

董郁青那時還興奮地直嚷，巴不得自己也能擁有那麼吸引人注意力的頭紗。

而就在這一瞬間，女人慢慢地轉過身來。

那是袁柳一輩子都無法忘懷的可怕景象。

詭異的灰白色肌膚、發光的幽藍眼睛和睫毛，以及……突然間有如活物蠕動起來的光之長紗。

那絕對不可能是人類。

民宿老闆說過的傳聞重新在她們的腦海裡浮現。

紅燈籠，藍光紗，三更有路別遇她。

她們後知後覺地反應過來，面前對她們露出冰冷笑容的，就是珠里鎮傳聞中的那名藍紗女人！

還沒等她們急著想後退，藍紗女人轉眼已撲到她們眼前，灰白的手臂迅雷不及掩耳地抓住了董郁青，將人一把扯了出去。

袁柳接下來的記憶便模模糊糊的。

她記得自己在尖叫，董郁青也在尖叫。

然而周遭民宅卻是門窗緊閉，誰也沒有探頭出來查看究竟，她們三人彷彿徹底被遺棄在這一方幽暗之中。

最後當袁柳再次恢復意識，只知道藍紗女人消失了，和她們住在同間民宿的男生們將她們送了回去。

而董郁青，從昨夜一直昏迷到現在。

看著床上意識全失的女孩，袁柳胡亂地耙耙頭髮，覺得有點後悔。早知道她就要一人房，把一樓的雙人房讓給于苗苗和董郁青。

這樣照顧董郁青的責任也就不會落到她身上了。

草草解決晚餐，袁柳看了一會電視，最後起身去泡個澡，打算抒發一下積壓的壓力。

等到她從浴室再走出來，手上用來擦乾頭髮的毛巾霎時掉落至地上，發出啪噠聲響。

袁柳彷彿沒發現到自己的毛巾掉了，她呆立原地，一雙眼睛裡全寫著不敢置信，連嘴巴也不自覺地微張。

在她進浴室前仍昏迷不醒的董郁青，此時竟從床上坐起，神情空茫地看著房內景象，似乎一時半會弄不明白自己身在何處。

「郁、郁青？」袁柳還以爲自己眼花，她眨眨眼，眼前的畫面沒有任何改變，「妳醒了？妳醒過來了！」

董郁青恢復神智的事就像一道閃電強烈劈下，當場讓袁柳驟然回神，也不管自己還頂著一頭半濕的頭髮，三兩步來到對方面前，滿是喜出望外的神情。

「眞的太好了，妳醒了！」袁柳握住董郁青的手，連珠炮地激動問道：「妳還好嗎？有哪裡不舒服嗎？還記得發生了什麼事嗎？我的天啊，妳眞的是要嚇死我了……我還以爲妳不會再醒過來了，眞的是老天保佑！」

「我……」或許是剛自昏沉中脫離，董郁青的反應還有些遲鈍，「我怎麼了？」

「妳不會眞的都忘了吧？」袁柳詫異地說，「昨天我們碰上那個藍紗女人，然後她抓住妳，妳就昏過去了，一直到現在才醒過來。」

「我好像……沒什麼印象。」董郁青喃喃地說，「我想喝水。」

「拿去。」袁柳將一瓶礦泉水塞到董郁青手中，「妳慢慢喝，別一下子喝太快，我先吹個頭髮，不然水一直滴。」

袁柳拿出民宿提供的吹風機，按下開關，熱風和嗡嗡聲頓時一併湧出。

「待會就跟苗苗說妳醒過來了。」袁柳邊吹頭髮邊說話，怕董郁青聽不清楚，還特地放大音量，「啊啊，下次打死我也不要再來這個地方了……再碰上一次那個藍紗女人，我的心臟肯定會受不了。」

袁柳自說自話好一會，才發現董郁青都沒有回應。

「喂，郁青，妳怎麼不說話？」袁柳將聲音放得更大。

董郁青好像聽見了。

透過鏡面反射，袁柳瞧見董郁青慢慢站了起來，一步步朝她走近。她也沒有在意，自顧自地繼續吹著頭髮，差不多到半乾的程度，她就將吹風機關掉，放回原位。

「郁青，妳幹嘛都不說話啊？」袁柳低下頭，從梳妝台上的瓶瓶罐罐裡翻找著她的護髮油。

當她抬起頭，和鏡子裡的董郁青對上眼，她瞳孔急遽收縮，不敢相信自己在鏡中所看到的。

董郁青的眼珠裡滲出了詭異的螢光，起先是一點一點，接著迅速佔領她的瞳孔。

那雙眼睛，就和昨夜見到的藍紗女人一模一樣！

還沒等袁柳驚恐地轉過身，倒映在鏡中的女孩已朝她凶猛撲來。過於冰涼的雙手緊緊抓住她的臂膀，力道大得指甲都深陷肌膚裡。

袁柳痛叫一聲，艷麗的面容不禁扭曲，可緊接著，她的聲音就因爲眼前的恐怖景象而絞在喉嚨裡。

在發光……

董郁青的皮膚底下，有東西在發光、在蠕動，像是想要從底下鑽爬出來。

一隻、一隻、又一隻……

渾身裹著螢光藍黏液的蟲子鑽出董郁青的皮膚，在她手臂上留下一道蜿蜒的長長痕跡。

袁柳渾身顫抖，想要掙脫董郁青的箝制，然而對方的力量這瞬間大得超乎常人，簡直像鋼條緊緊地將她扣住不放。

袁柳看見發光的藍色蟲子爬上了董郁青的臉。

那張沾上螢藍液體的臉龐露出怪異的笑容。

袁柳最後什麼也不知道了。

第十章

門外無預警響起了敲門聲。

閱讀中的安萬里頓了下動作，沒有起身，只是溫和地揚聲問一句。

「請問是哪位？」

外面沒有傳來回應。

但安靜只維持了片刻，敲門聲下一刹那又傳進安萬里和符芍音耳中。這一次就好像拳頭猛烈地砸撞著門板，砰砰砰的聲音迴盪在房間和走廊上，在夜晚中無端帶來一股令人不安的味道。

安萬里仍是八風不動，依舊穩穩地坐在自己的位子上。

乖巧窩在沙發裡的符芍音沒有出聲，一雙紅寶石般的眼睛靜靜地望向安萬里，似乎在等待他做定奪。

「再等一等。」安萬里豎起食指，放置唇邊，他想要靜觀其變。

符芍音點點頭，但手指間已攢好一張符紙。只要情況稍有不對，她就能在最短時間內注入靈力，幻化出她的武器。

敲門聲越演越烈，門板跟著發出震動，讓人忍不住懷疑房門會不會下一秒就承受不住，被人從外邊暴力破壞開。

聲音持續了好半晌才終於停下，門外又恢復一片死寂，敲門的人像是終於放棄而離去。換作是其他人，很可能就會壓抑不了好奇，起身打開門查看外面的情況。

但是安萬里只是再朝符芍音做出一個手勢。

接收到指令的符芍音離開她的沙發，卻不是迎上大門，而是一步步地往後退，直到站在安萬里身側。

嬌小的白髮小女孩就像一名沉默的守衛，她一手捏著符紙，一手虛虛地握著，在腰邊擺出一個像是要拔刀的姿勢。

靜默在房裡擴散開來，靜得只能聽見房內人的呼吸聲。

但氣氛卻又莫名地緊繃，像一張拉到最極限的弓。

下一秒，弓弦猛然斷裂，瘋狂的砸門聲鋪天蓋地地從外頭湧了進來，有如一波波猛烈的海浪。

緊接著爆出刺耳的聲音，木頭門板應聲碎裂，成了一地殘骸木屑。

同時不祥的點點螢光如同子彈從外灑入。

說時遲、那時快，悅耳平穩的男聲穿透了房間。

「只要有人呼吸，或是有眼凝視著，這首詩將長存，並賜予你永生。《莎士比亞．十四行詩》。」

衝勢十足的螢藍子彈撞上了一面在安萬里二人身前展開的發光盾牌，弧形障壁輕易攔截下它們所有攻擊。

咚咚咚的悶聲此起彼落，光點紛紛墜地，像在房內下了一場藍色小雨。

在安萬里張開防護結界之際，符芍音嘴唇微啓。

「兵武，現。」

稚氣童音一落，一束炫亮白光也在她虛握的掌中成形，赫然是一把氣勢威凜的斬馬刀。

手持符紙化成的武器，符芍音冷淡地俯視著那些掉落在地毯上的點點螢藍，看清光點的眞面目後，眉頭微微皺了起來。

是蟲子。

看起來像肥胖白蛆的蟲子。

螢藍色的光芒則是源自於牠們身上的黏液。

「噬光蟲？」符芍音轉望向安萬里。

「看樣子是的。」安萬里俐落闔上書本，鏡片後的黑瞳這瞬間染成幽深的碧綠色，「讓我猜猜，也許是有人把這些蟲子帶回來了，對嗎？」

沒人出聲回應安萬里，而他顯然也不需要，他只是站在原地等待。

答案在下一秒自動送到他的眼前。

從昨晚就陷入昏迷狀態的董郁青此刻是清醒的，她的手臂和臉頰上爬著幾條泛著幽光的藍色痕跡，眼珠亦被古怪幽藍佔領。

她歪了歪頭，手指舉起，原本不動的蟲子忽地翻動身軀，在地毯上再次蠕爬，景象令人毛骨悚然。

「是養分。」董郁青低低地說，她的聲音粗啞，和安萬里二人記憶中的清脆不同，宛如有人藉著她的口在說話，「我聞到妖氣，弱小，但可以成為我的養分。」

活了七百多年，安萬里還是頭一回被不知是鬼或其他的存在，指著鼻子說自己弱小。

「唔，我突然懷念起維安了。」安萬里說。

這樣一來，就會有人自動幫忙吐槽，犀利地反擊說：七百歲的大妖叫弱小，那以後教人怎麼直視「弱小」這兩個字？

「視訊？」符芍音正經八百地提供建議，「看哥哥。」

「我現在又不想了，完全不想。」安萬里真誠地說，以言語阻止了符芍音貼心想拿出手機幫兩人視訊的舉動。

說話的同時，安萬里的結界仍舊維持著，讓那些往前爬行的噬光蟲難以再進逼一步。

「我再猜猜。」安萬里目光挪回董郁青身上，「是落水的時候，趁機入侵她的身體。螢石之窟附近乾淨得過分，也是妳把山中的小妖或鬼魂給吞了？」

否則，董郁青也不會一張口，就把他視爲隨時能吃下肚的養分。

「爲神奉獻，這是你們該做的。成爲我的養分，你們應當覺得歡喜榮幸。」董郁青咧嘴大笑，她皮膚表面抖動，更多裹著藍光的噬光蟲窸窸窣窣地從她身上掉落下來。

「芍音妳後退一些。」安萬里伸手攔阻想衝出去的符芍音，「妳也不喜歡蟲子吧？」

符芍音誠實地點點頭。

她不怕蟲子，但討厭很多蟲子，尤其是眼下這些白胖蛆蟲。

「我也覺得可愛的小女生不適合踩上那些東西。所以接下來，就交給值得可靠的優秀大人來吧。」

光壁霎時瓦解成無數碎片，碎片轉眼又拉長成了鋒利尖刺。

在地毯上蠕動的噬光蟲甚至還來不及圍擁向安萬里，光刺頓如磅礡暴雨灑下，貫穿一隻隻蟲子的身軀。

安萬里的手徐徐揮動。

從噬光蟲體內噴射出的藍色血液尚未染上地毯，又一面光壁無聲無息自地面延展開來。再下一秒便合攏成一個封閉的光箱，裡頭是藍血汩汩流出的噬光蟲們。

眾多蟲子密密麻麻地推擠，成爲讓人頭皮發麻的一幕。

董郁青臉上的得意瞬間破裂，震驚扭曲了她染著螢藍的面孔，從安萬里身上釋放出的妖氣令她如墜冰窖。

那根本就不是什麼弱小的妖怪。

那絕對不可能會是弱小的妖怪。

「你是什麼……你到底是什麼！」董郁青尖利的喊聲滲入一絲恐懼，「你——」

董郁青的吶喊斷裂成兩截，她忽地雙手掐住自己喉嚨，頭顱上仰，嘴巴大張。她手指用力，可與其說想掐死自己，更像是在阻止某種東西鑽溢而出。

安萬里和符芍音可以清楚見到董郁青的喉頭劇烈收縮，一波又一波，緊接著她的咽喉深處冒出了喀喀喀的怪異細響。

一隻蟲子從她嘴裡掉了出來，再來是第二隻、第三隻，更多隻發光蛆蟲爭先恐後地一股腦冒出。

「我來。」稱不上寬闊的房間裡，符芍音迅如雷電，幾個跳躍，踩踏上房內的家具，轉眼便繞到董郁青身後。

刀起刀落。

斬馬刀刀背重重敲上董郁青的後頸。

符芍音從懷中掏出一張白紙，漆黑的墨紋如游魚竄上頂端，成爲完整的符紋，被拍上董郁青的後腦勺，使得對方瞬間像斷線人偶，僵硬倒地。

符芍音踩著無聲的貓步落地，她身子壓低，擺出一個古怪的姿勢。

「非天，魘落。」

斬馬刀的刀鞘化爲多張符紙朝四周飄散，將沒被收入光箱的噬光蟲包圍其中。

「斬。」

斬馬刀朝虛空俐落揮出，所有飄飛的符紙同時自燃成火球。灼燙的火焰將還留著一口氣的蟲子全燒得連灰燼也不剩，最後只餘一股蛋白質燒焦的臭味。

附在董郁青身上的發光黏液消失無蹤，外表恢復乾淨的女孩失去了意識，一動也不動地躺在地毯上。

噬光蟲被清理得徹底，一隻都沒有留下。

但攻擊過後的痕跡卻不會平空消失。

「我眞該把維安留下來的……」安萬里揉按著額角，感覺那裡正隱隱作疼。

沒有以神使的結界將現實空間隔離出來，消滅完敵人後的結果就是迎來——一片狼藉的場面。

房間大門整扇被破壞，地毯被光刺戳出大量洞眼，有部分還被火焰燒灼出焦痕和破洞。

符芍音小小聲地抽了一口氣，像紅色玻璃珠的眸子裡跑出一絲愧疚。斬馬刀在她手中消逝，她的手指絞著裙襬，小腦袋也忍不住喪氣地垂下。

如果面前有一個洞，她說不定會把自己埋進裡面，好暫時逃避這份尷尬。她，符家現任家主，居然把民宿的房間損壞成這樣了。

「不應該。」符芍音反省著。

「嚴格說起來，芍音妳只是燒到一點地毯。門是敵人弄壞的，地毯和地板的洞……嗯，是我。」安萬里開導著小朋友，讓她不要把責任都揹到自己身上，「不過幸好，世界上還有一個非常美妙的魔法可以挽救這一切。」

「魔法？」即使平常再怎麼穩重老成，符芍音本質還只是一名小學生，她的眼睛像燈泡興奮亮起，就等著安萬里展現奇蹟。

安萬里輕咳一聲，悠悠然地吐出了魔法咒語。

「報、公、帳。」

此時的柯維安等人尚不知道民宿裡發生的異況，他們進入了後山，來到螢石之窟前。

被黑暗夜色籠罩的山裡幾乎伸手不見五指，雖說幾名神使和狩妖士在夜間也能清晰視物，但為了不被于苗苗察覺到不對勁，他們還是配合眼下情況，紛紛拿出手機照明。

好幾束明亮的燈光匯聚一起，照向黑黝黝的岩洞洞口，驅趕一定範圍內的陰暗，讓人能夠看清光照下的景物。

洞口處什麼也沒有。

「要……要進去了喔。」于苗苗深吸一口氣，手指攢緊，清純的臉蛋在光影映照下顯得格外蒼白，就連嘴唇也失去以往的血色。

于苗苗看起來既焦慮又緊張，似乎這時候再來一點風吹草動都能把她嚇得尖叫跳起。

「進去吧。」一刻本就不是拖拖拉拉的性子，他抬起下巴，率先邁步跨入洞內。

于苗苗急忙小跑步跟上。

接著進入的是黑令和曲九江，柯維安反常地殿後。換作是平常，他都會興沖沖地緊跟在一刻身後。

待大夥進入螢石之窟，最前方的一刻和于苗苗繞過拐角，看不見身影，最尾巴的柯維安馬上從背包裡掏出筆電，飛快地敲打鍵盤。

成串金色字符從螢幕裡飛舞出來，一晃眼像鎖鍊銜接在一起，直達天際，圈住了大半山中範圍。所有景物產生了一閃而逝的疊影，再一眨眼便恢復正常，絲毫看不出異樣。

眼看就連黑令的黑外套都要消失在視野內，柯維安趕緊再抱著筆電跑進，三兩步跟上前方的隊伍。

由狹窄逐漸變得寬敞的通道裡迴盪著眾人的腳步聲，就連淺淺的呼吸聲也被放大。

隨著一行人終於來到盡頭，呈現在面前的光景與他們心裡所預期的截然不同。

柯維安張大嘴巴，「藍……藍色星空又出現了！」

他記得很清楚，安萬里說他們中午去查探的時候，洞內的噬光蟲可是全部沒了蹤影，包括發光的藍色黏液也沒有留下，有若受到不明力量徹底掃蕩。

然而現在，理應消失的螢藍黏液從岩壁頂端垂下，數量比起他們第一次進來時還驚人。它們就像兩片密集的幽光珠簾，遮擋了後方景象，只留下中間的間隙作爲通道，供人行走而過。

「這個，感覺就是要我們走過去啊……」柯維安竄到了一刻身後，探出頭，以氣聲說。

「有辦法你飛過去啊。」一刻給了一記白眼。

「沒辦法、沒辦法。」柯維安連連搖頭。

一刻將那顆腦袋按了回去，瞥了臉色蒼白到像是隨時會暈倒的于苗苗一眼，「妳跟在我後面走，行嗎？」

「好……」于苗苗虛弱地說，似乎來到這裡已經耗去了她大半勇氣。

一刻手指虛虛握著，神紋隨時會在他的無名指浮現。做好應戰準備，他邁步穿過了成串的幽異珠簾。

然後，看見了巨石上的那抹發光人影。

不，發光的其實是女子披覆在頭上的長長光紗。它的前端蓋住了女子的半張臉，遮掩她的面容，只能窺見她姣好的唇形與尖細的灰白色下巴。

光紗末端一路向下拖曳，垂墜在沙地上，遠看像是蒼藍的淚珠串聯在一起，既虛幻又美不勝收。

然而柯維安他們都知道，那份美好只不過是一戳就破的假象。

那名年輕女人所披戴的頭紗，實際上是由難以計數的噬光蟲和其黏液拼組而成。

「我眞高興。」沒有被頭紗蓋住的嘴唇張啓，那是柯維安他們第一次聽見藍紗女人開口，「妳來了。」

藍紗女人側過臉，就算隔著頭紗，她的目光也依然能牢牢地鎖定于苗苗。她彎起嘴角，勾起的笑容像是夜間最細的月亮。

「爲我送來了……最棒的……」

誰也沒有想到，一直畏縮安靜躲在一刻背後的女孩會突然發難。

于苗苗霍然跳起，撲向了一刻。

她有如失去理智的野獸，竟是張嘴狠狠咬上一刻沒有被衣物遮擋的肩膀處。牙齒深陷皮膚，簡直像要將那一塊血肉整個撕咬下來。

「小白！」柯維安被這突來的變故震懾得煞白了臉。

疼痛從被咬處迸發開來，一刻大叫一聲，控制不住手上的力道，粗暴地將人從自己身上猛力扯下來。

于苗苗才剛跌坐地上，驟然又一股驚人力量拽起了她。

「妳這該死的……」曲九江眼中充滿暴烈殺機，他毫不憐香惜玉地抓起于苗苗，就像對待無生命的貨物般將人扔砸出去。

于苗苗摔落在地，摔得七葷八素，劇烈的痛楚讓她一時差點背過氣。還沒等她狼狽地撐起身子，眼角餘光就瞧見曲九江的手臂纏繞上灼人的緋紅火焰。

火焰化作鋒銳危險的箭矢，迅雷不及掩耳地朝她飛來。

于苗苗幾乎能感受到那撲面而來的高溫，火焰在她猛烈收縮的瞳孔裡越來越大。

她反射性抬手擋住自己，尖叫從喉嚨裡衝了出來，「姊姊！姊姊救我——」

垂曳的藍色光紗就像有了生命，瞬息之間捲住了于苗苗，將她飛快帶離，讓火焰之箭錯失目標，只能墜落在布滿砂礫的地面。

柯維安幾乎以爲自己聽錯了。

于苗苗喊藍紗女人「姊姊」？那麼豈不是說她就是……

「于初雪!?」柯維安失聲喊道。

十年前，那個拋棄妹妹，卻溺斃在洞內水潭中的女人！

「她是于初雪?」一刻震愕地說，他按著肩膀想站直，卻忽然腳步一個踉蹌，身體失去平衡，眼看就要往旁倒落。

「小白!」柯維安被嚇得心臟都要跳出喉嚨，他慌忙伸出手，但不及曲九江的速度快。曲九江一把攙住身形不穩的一刻，發現後者的臉色比方才蒼白不少，「怎麼回事?」

「靠，我哪知……」一刻有氣無力地罵了一句，無來由地感到自己的體力像是旋開的水龍頭，正源源不絕地流失，「我……」

一刻聲音頓住，他側過頭，鬆開了壓按在自己肩頸處的手。曬得健康的膚色上，此時烙著一枚深深齒痕，鮮血沿著傷口滲出，傷口邊緣赫然透出不祥的黑青色。

「像，中毒。」黑令給出了評論。

「但怎麼會……」柯維安手腳發涼，衝到了一刻身邊，恨不得自己有辦法幫對方分擔痛苦，「小白明明只有被……」

被于苗苗咬了一口。

柯維安倒吸一口氣，猛然扭頭望向被光紗捲至于初雪身畔的于苗苗。

于苗苗嘴邊還沾著血漬，瞳孔底處泛著幽光，幽藍色的光點瞬間擴張領域，侵佔了她的眼睛。

不只如此，她的臉頰底下驀然有東西在鑽爬，皮膚被頂出不自然的鼓起。隔著薄薄一層皮，能夠看見閃爍著詭異藍光的微小物體往下蠕動，經過頸項，來到手臂，再鑽出指尖……

那竟然是一隻又一隻的噬光蟲。

噬光蟲究竟是什麼時候入侵到于苗苗體內的？柯維安思緒一頓，一個片段記憶電光石火般躍跳出來。

「難不成是昨晚？」柯維安喊了出來，「是昨晚被操控的!?」

那時候，于初雪曾靠近自己的妹妹。沒人知道她對于苗苗做了什麼事，而于苗苗只說她要求自己今夜前來螢石之窟。

「不對……」一刻讓曲九江放下自己，他靠著石壁而坐，粗重地喘氣。順著傷口流入體內的毒素讓他眼前有些發黑，他甩甩頭，努力對準焦距，「她的態度……不對。」

柯維安一個激靈，瞬間反應過來一刻的意思，這也讓寒意爬上他的後背，直達腦門。

一刻說的沒錯，于苗苗的態度不對；她對于初雪的親近更像是——她早就知道藍紗女人是她姊姊。

但是，是多早？

是最近？或其實打從一開始……也就是說，她對藍紗女人的畏怕原來都是偽裝出來的。

越是深思，柯維安越覺得心口發涼。

「不用廢話，燒了就是。」曲九江的褐髮染成艷麗的紅，狹長的眼眸也覆上冷酷的銀星光澤，火焰在他指尖再次燃動。他倏然一揚手，多顆火球平空懸浮，一眨眼，火球高速衝刺向于苗苗和于初雪。

「姊姊！」于苗苗畏懼尖叫。

于初雪輕巧地從巨石上跳落下來，她伸手攬住害怕的妹妹，發光藍紗猛地翻捲，像一波波驚濤駭浪，擋住了落下的烈火。

火焰散成碎屑飄散，于初雪放開于苗苗，緩步走向前。

「你們好大的膽子，竟然在神明的洞穴內對主人不敬？我是于初雪，亦是此地之主，鎮上的人皆稱呼我爲螢石。」

「螢石大人？不可能！」柯維安想也不想地一口否決，「妳明明是鬼，一個十年前就溺死在這裡的鬼！」

「大膽！」于初雪驟然厲聲喝道，抬起灰白的手指，一點螢光迸散。

如同受到呼應，洞內忽地傳來了密集的沙沙聲響。

從岩壁、從頂端、從地面、從隱密的縫隙，數也數不清的噬光蟲冒了出來。牠們猶如發光的浪潮，前仆後繼地填滿了眼所能見之處。

螢石之窟內被藍光映照得雖亮如白晝，卻也鬼氣森森。

面對數量龐大的蟲潮，饒是見慣各種場面的柯維安和一刻也忍不住頭皮發麻。

就算身體沉重，一刻也果斷地拉住曲九江的手，讓他將自己帶離石壁，以防蟲子跟著往自己身上爬。

于初雪的笑容裡帶著深深的輕蔑，「我若不是螢石，又怎麼可能會擁有如此力量？人們信仰我、供奉我……」

「但妳不是螢石，更不是神，妳不過是一個小偷。」如春風和煦的嗓音打斷了于初雪的得意。

無預警出現的男聲讓柯維安和一刻嚇了一跳。

「學長？」

「狐狸眼？」

不同的稱呼，指稱的是同一個人。

「誰！誰敢污辱神明！」于初雪勃然大怒。

似乎是感應到她的怒氣，遍布洞窟的噬光蟲也傳來了躁動。

「妳不是神。一個卑劣的亡者，又怎麼可能有辦法成爲神呢？」安萬里說，他的聲音聽起來更近了。

柯維安反射性轉頭，發現聲音居然是從黑令舉起的手機中發出的。

還沒等柯維安吃驚地開口，黑令就像看出他的疑問。

「不是我，是你學長。」

這意思就是說，電話是安萬里主動打過來的。

「副會長，你說的小偷是怎麼回事？」柯維安回過神來，連忙在稱呼上進行挽救。

「她派了人來我們房間問候，當然我很友善親切地回應了。然後，便獲得了一些有用情報，也解開了我之前的疑惑。」

被幽幽螢光包圍的洞窟內，安萬里的聲音清晰可聞。

「我去了螢石之窟兩次，石頭上的仙氣卻一次比一次少。于初雪，這些年來，是妳奪走了鎮民奉獻給螢石大人的信仰之力，對嗎？妳在螢石之窟溺斃而亡，妳的屍體好幾天才被發現，遭到噬光蟲的啃噬，而妳的魂魄湊巧依附在那顆石頭上。所以昨日于苗苗的朋友想要坐上去，她才會急忙阻止，因爲對知道實情的她來說，那樣的行爲——」

「……無疑是坐在她姊姊身上。」柯維安喃喃接了下去，「所以她才會異常激動……」

明明于苗苗一再說自己和珠里鎮格格不入，對這裡沒有歸屬感，昨日的一些細節卻又流露出她對螢石大人的看重。

這份違和感，如今有了解釋。

「安萬里，再給你三十秒結束。」曲九江本就薄弱的耐心正漸漸告罄。面對傷害一刻的人，他卻還不能出手，令他的神情越發陰鷙森冷。

于苗苗臉龐煞白，眼裡流洩惶恐，忍不住往于初雪依偎得更近，肩頭顫抖。她以為自己帶來的不過是尋常的外地客，但萬萬沒料到，其中竟有人……不是人類！

「于初雪，妳偷走了本該屬於螢石大人的東西。然而妳搶來的力量還不足以讓妳獲得自由，這才是妳只能在月亮最細的夜晚出現在鎮上的主因吧。妳利用每月的那兩夜，吸食鎮民、遊客，甚至是山裡精怪、動物的精氣。至於妳妹妹的舉動，我相信維安會找出原因的。九江學弟，難為你忍耐了。」

安萬里含笑地吐出最末兩字。

「結束。」

這等同是一個信號。

黑令掛掉了電話，柯維安急得想跳腳。

哪有人最後又把解謎的任務丟給他的？要問就一口氣問完啊，吊人胃口實在是太過分了吧！

「小白啊！」柯維安哀號一聲。

「你行的吧？」一刻扯出無力但透著狠勁的笑，神紋靜靜地圈繞在他的無名指上。隨著神力運轉，最初的頭暈目眩和身子虛軟開始漸漸褪去。

「我……」被最重要的好麻吉這麼一鼓勵，柯維安握緊拳頭，給自己打氣，「好，我行的！沒問題的，就都看……」

曲九江懶得再聽柯維安囉嗦，他眼神嚴寒，裹著高溫的紅火瞬間快如子彈地自他指尖竄出，正對著于初雪的面龐。

這一記突擊來得太迅烈，火焰燒去了于初雪的半張面紗，赤艷迅速吞噬縷縷螢藍，露出了底下一直被遮覆的完整容顏。

柯維安瞳孔一縮，一刻則是直接爆出了髒話。

昨夜他們見過的那雙幽藍眼睛，此時此刻竟成了不祥的猩紅，如同惡意凝結出的結晶。

無論是神使或狩妖士，誰都不會錯認那一雙眼。

紅色的眼，赤裸裸的惡意，黏稠如泥沼的欲望。

那是，瘴的眼睛！

于初雪被瘴入侵了！

她是什麼時候——這個問題如今已經不重要。

柯維安他們知道自己只要做一件事就好。

將瘴，一舉殲滅！

被烈火燒燬的部分頭紗很快自動修補，身上流淌著湛藍幽光的噬光蟲重新吐出黏液，並且更多噬光蟲補上了位子。

不過這一次頭紗不再蓋住于初雪的臉，她的手掌覆上臉頰，那底下有一道火焰掠過留下的焦痕。她的紅眼裡像有可怖的漩渦旋轉，滿滿的猙獰湧溢出來。

于苗苗突然從于初雪的庇護下衝出來，雙手大張，擋在于初雪身前。

「你們說謊……你們根本什麼也不知道！」于苗苗用盡力氣高聲喊道，傷心的淚水在眼眶裡打轉，「我和姊姊都是受害者，姊姊才不是小偷！一開始根本就沒有什麼螢石大人，那只不過是鎮上人們自以為的想像……可他們卻為了那個想像害死了姊姊，姊姊才會成為神，成為這個螢石之窟的真正主人！」

「神？」曲九江冷眼看著于家兩姊妹，像看著最卑下的螻蟻，「憑她也配？現在的她，不過是區區的妖怪罷了。」

「你們剛說我姊姊是鬼，現在又說她是妖怪……你們果然都是在胡說八道，污衊我的姊姊！」于苗苗發現自己抓住了他們話裡的漏洞，眼裡燃著異常熱烈的光，「她會證明給你們看的，她就是神！姊姊，我把他帶來了，妳說他會是最適合的……他現在中毒了，妳快點動手，然後妳就能重獲自由，就能幫我……幫我們討回這些年來的公道！」

對柯維安他們來說，真正在胡言亂語的分明是于苗苗。

但他們卻不會忽略這番話裡最關鍵的一點——于苗苗是故意要讓一刻來這地方的。

昨夜于初雪對她說的，只怕根本不是要讓董郁青永遠不醒的威脅，而是要她不擇手段地將一刻帶過來。

「于苗苗！小白幫了妳，妳就是這麼對待他的？」怒火在柯維安胸口悶燒，令他的五臟六腑皆感發疼，「更不用說鎮上的人們都提過，妳的養父母明明對妳盡心盡力，妳爲什麼還要助紂爲虐？就因爲她是妳姊姊嗎？妳難道會不知道，于初雪吸食了多少人的精氣和運勢？她讓那麼多無辜的人大病一場，飽受折磨！」

「那又怎樣！」于苗苗回予更大聲的吶喊。她眼眶泛紅，全身都在打著哆嗦，但又強迫自己挺直背脊，不能讓自己白白受了委屈，「不是你們自己答應要陪我過來的嗎？既然說要幫我，那再幫更多的忙不是理所當然的嗎？我姊姊那麼可憐，只要讓小白留下來，姊姊她就能重獲自由……而只要你們不反抗，姊姊也不會去傷害你們的！」

「聽妳放屁！妳這他媽的是什麼歪理！」一刻憤怒暴喝，青筋在他的脖頸間一條條迸現，「妳瘋了嗎？」

「是鎮上的人對不起我，這個鎮的人都對不起我們姊妹！」于苗苗忿忿不平地嘶吼，要爲自己爭取晚來的正義，「姊姊告訴我眞相了，十年前她的死才不是什麼意外，是這個鎮上的人害死她的！他們把她當成祭品，要奉獻給螢石大人！是他們把她推入水裡，害她溺死的，所以他們才會收養我，因爲他們心虛愧疚！所以他們才會費盡心力對我好！」

「沒錯，就是這樣，是其他人對不起我們……」于初雪的雙手搭上于苗苗的肩頭，俯身在她耳邊呢喃，一雙紅得像滲血的眼瞳則是直盯前方。

直盯此刻只能虛弱坐下的白髮男孩。

「雖然很唐突，但是我想說，我不會再回來了，在床上睡覺的是我妹妹，她叫于苗苗，我把她留在了這裡。」

打破雙方緊繃氣氛的，是一道平淡、沒有抑揚頓挫的嗓音。

黑令手裡拿著一封信，彷彿沒察覺到周遭目光瞬間全朝自己集中過來，像要將他釘穿。他的語氣仍是一貫的索然無味，像是毫不在意從自己口中唸出的是被隱瞞多年的祕密。

「請你們也不要設法聯絡我，我留的電話號碼是假的，你們是找不到我的。我們的父母很早就過世，也沒什麼親戚，我必須一個人獨力撫養妹妹長大。我眞的受不了了，我還那麼年輕，爲什麼必須要做這種事？我不想要爲了她而犧牲自己的人生。」

「我知道我自己很自私，但我眞的累了，再也受不了要獨自照顧妹妹。她只會哭鬧，完全不懂得體諒我的辛苦，我也想爭取屬於我的幸福人生。我相信這個鎭上有很多善良的人，希望你們找一個好一點的家庭收養我妹妹，我會一輩子在心裡感謝你們的幫助。8/23，于初雪。」

黑令鬆開手，任憑泛黃的陳舊信紙緩緩飄落地，「鎮上的人說，十年前妳們姊妹是來這過生日慶祝。眞正八月二十三號生日的人，是于初雪。」

「那、那張信……」柯維安錯愕地瞪圓眼，「黑令你是怎麼拿到的？」

「偷來的。」黑令一點也不心虛地說。

柯維安霍然回憶起晚上在民宿房間的對話。

「買個零食要花那麼多時間？你根本是跑到異世界去買了吧？」

「沒去異世界。去當小偷了。」

我靠，他沒胡扯……他眞的是去當小偷了啊！

柯維安目瞪口呆，同時腦內那些四散的拼圖碎片全聚集了起來，拼湊出完整眞相。

原來如此，原來是這麼一回事。

八二三小夥伴這個社團是一年前左右建立的，于苗苗見到于初雪的鬼魂想必就是在這個時間點。

一年來，于苗苗想方設法尋找在八月二十三號這天生日的人，董郁青、袁柳、芊茉……

而她最後選上的人，是碰巧也來此地旅遊的一刻。

她要爲同是那天生日的于初雪，尋找最適合的軀體。

就在昨夜，于初雪看中了一刻。

于苗苗似乎傻住了，她呆然地看著那張落在地面的信紙，然後像發瘋似地掙脫了于初雪的手，一把撲上前，十指用力地攢住了那張紙。

即便過了那麼多年，她還記得于初雪寫字的習慣。

她的姊姊總是會在「于」字勾起的最後一筆再多畫一個小圈。

——就和信紙上的那些「于」一模一樣。

「不可能、不可能……這信一定是假的……」于苗苗顫聲地說，抓著信紙的手越來越用力，本就黃舊的紙張頓時縐得不成樣，「姊姊怎麼可能拋棄我？她是被珠里鎮的人害死的，大家都是因爲覺得對不起我，又想監視我，才會把我留在鎮上，撫養我長大……對吧？對吧？姊姊妳告訴我吧！」

于苗苗大力扭過頭，爬滿淚水的臉蛋脆弱又無助。

「姊姊妳告訴我啊！我是受害者啊！」

于初雪的目光忽地落在于苗苗身上某一點，接著慢慢笑起，「我知道妳喜歡當受害者，所以我不是讓妳當了嗎？這一年來，妳不是沉浸在這種自我滿足感中無法自拔嗎？」

于苗苗呆若木雞，臉上是傷心欲絕的絕望。

她一直以爲的眞相，如今卻因爲一封十年前的信被整個推翻。

「妳的姊姊當年能夠拋棄妳，如今也不過是在利用妳，妳怎麼會天眞地以爲妳們之間會有姊妹之情呢？」從于初雪口中吐出的是不屬於年輕女子的聲音，像被砂紙粗暴地磨過，她的紅眼更是炙熱。

「你們說謊、你們說謊……你們騙我！」于苗苗歇斯底里地揪扯著自己的頭髮，眼中閃動駭人的光芒。

只要得知真相的人都不在，只要把假的變成真的，大家又都會同情她，注意她……啊啊，沒錯。

如果是假的，那就想辦法全變成真的不就好了嗎？

「想辦法變成真的……就好了呀。」于苗苗露出古怪的笑意，瞳孔底處閃爍著一簇瘋狂的焰火。

「小白，我是不是眼花……」柯維安驀地吞嚥口水。

「老子還寧願你看錯……」一刻吸了一口氣。

漆黑的線頭正從于苗苗心口處乍然鑽出，並以驚人的速度往下延伸。

「她的欲線出來了！」一刻大吼一聲。

「就是這樣沒錯。快啊、快啊，讓更多的欲望出來吧！」于初雪哈哈大笑，那笑聲有若怪物的咆哮，「我們現在就需要一個身體，一個能讓我們更自由的……然後我們就能再奪得更好的！」

來不及了，暴長黑線觸地！

但不待于苗苗底下翻湧黑影，于初雪的身影就像遇著陽光的融雪，瓦解成一灘不成形的黑色泥濘，像支離弦之箭衝了出去。

說時遲、那時快，黑色泥濘裂開一道口子，凶悍地叼咬住欲線的末端。

柯維安他們猛地意識到于初雪的意圖時已經慢了一步。

于初雪，或者該說那一團瘴靈混合的產物——它要于苗苗成爲它的宿主。

咬住欲線的黑泥往上飛衝，像咬住釣餌的漆黑大魚，隨後在半空猛一反身，朝著底下的人影直撲而去。

黑暗蓋住了于苗苗，將她的身影全然吞沒。

瘴獲得了它的新宿主。

如同犬吠的嚎笑聲和爆炸同時發生，聲波、音浪和氣流朝周圍呈放射狀噴射出去。

匯集在一起的噬光蟲被掃蕩開來，藍色光海變得七零八落。

洞窟內響起了莫大巨響和一陣震晃。

炫麗的銀紫光點風馳電掣地掠出，張開成一面碩大的光之盾，將所有人掩護得密實。

爆炸的衝擊力和風壓撞上光盾，強勁力道被卸除。

等到靈力化成的光點散去，前方景象也躍入了眾人眼中。

被瘴入侵的于苗苗失去了人類輪廓。

年輕女孩的頭顱變成凹陷的弦月狀，兩端鋒利得像剃刀，刀尖垂掛著一絲絲螢藍黏液，像掛著一串小小珠簾；脖子至前胸部位分布著多隻複眼，垂在兩側的兩隻手臂上則排列著多張閉闔的嘴巴。

它的下半身是巨大肥碩的蟲軀，米白、半透明的軀體內布滿密集血管，只不過裡頭流動的是蒼藍血液。

那是一個，怪物。

不祥的猩紅猝然亮起，那一雙雙血色眼珠轉動，盯住了眾人所在的方向。接著雙臂上的一張張嘴巴也裂開，發出了粗嘎刺耳的笑聲。

「欲望、欲望、欲望，人類的欲望總是那麼愚蠢卻也如此美味！」

「所有人都對不起我，我才是最委屈的那個人，大家都無法體會我的難處，爲什麼沒有人爲我再多著想一點？」

「不夠、不夠、不夠、不夠、不夠，大家爲我付出的都不夠！應該要再更多一點、再更多一點啊！因爲我明明是那麼可憐！」

「姊姊被害死了，鎮上的人都排斥我，養父、養母對我好是有目的的，就算這些都是假的……」

「只要把它們都變成眞的就好了啊！」

碩大的蟲尾倏然出現不尋常的收縮和鼓動，緊接著本應封閉起的末端張開了一個洞，有什麼從裡面接連被推擠出來。

那赫然是數個起碼有成人大的蟲卵。

血色複眼轉動，瘴的每一張嘴巴都露出了猙獰笑容。

「而在完成這愚蠢天眞又自我的小女孩的願望之前……我要先把你們都吃了！」

包著薄膜的蟲卵眨眼間孵化，鑽出由無數噬光蟲組成的人形。

「媽啊啊啊啊！」柯維安抓住一刻的手臂慘叫，他覺得自己根本是誤闖入恐怖片片場。一刻也很想叫，除了眼前的畫面的確傷眼睛之外，柯維安他媽的抓得太用力了啊！

「室友B，你傻著不動，是腿斷手斷？還是不能喘氣了？」曲九江消去火焰，下巴至頸項攀繞上潔白的花紋，兩把鋒利的長刀像是從虛空中乍然成形。

「就算他腿斷手斷，或不能喘氣，我也會保護他，這是朋友該做的。」黑令張開手指，大量銀紫光粒從掌心湧出，再一眨眼便化爲巨大的旋刃。

「哇，雖然很高興你對我感情深厚，但你那話聽起來爲毛更像詛咒啊。」柯維安乾巴巴地說，接著轉頭朝一刻拋了一記媚眼，「小白，你好好待在這，看我們負責英雄護美！」

吸滿艷麗金墨的毛筆俐落地從筆電螢幕裡抽出，甩出一朵華美墨花。金色墨漬一落地，就在一刻身周迅速繞成一個圓，成為一道防護結界。

「護你妹啊！」被冠上「美」字的一刻回敬中指。

吐完蟲卵的尾巴竄出了巨大尖針，瘴雙手一揮，臂上的嘴巴逸出高尖音波。

同一時間，那一個個站直身體的藍光人形朝柯維安他們衝了過去。

「這蟲也太多了吧？為什麼我的武器不是殺蟲劑啊啊！」柯維安打從心底發出了吶喊，抓著毛筆就是粗暴地揮劃過自己面前的敵人。

「那我們，可能會先死。」與自己毫無起伏的溫吞話語相反，黑令的攻擊快若雷霆，旋刃短時間內劃出無數道絢麗又致命的痕跡，「不通風，殺蟲劑中毒。」

「你一天不潑冷水是會死嗎？」柯維安氣惱地大吼，「我現在鄭重宣布，你不是倉鼠星人了，你是個潑冷水混蛋外星人！」

「抗議，我是人類。」黑令反駁。

曲九江連一絲注意力都不想分給在戰場上還有這麼多廢話的兩人。他看著直逼而來的藍光人形，嘴角噙著冷酷的笑意，持握在手上的雙刀瞬間凌厲斬出。

布滿噬光蟲的人形潰散，無數蟲子在地上竄爬。

曲九江看著牠們就像在看待一群連生命都沒有的死物，長刀消隱，赤火燒起。

駭人的火焰宛如一頭矯健火龍，呼嘯著掠過那些潰敗的噬光蟲，將牠們燒成焦黑，繼而連灰燼也沒有留下。

對現今的曲九江而言，妖力和神力在他的掌控下早已能轉換自如。

烙著奔浪白紋的長刀，懾人心魄的烈焰。

兩種力量被曲九江運用得淋漓盡致，凡是在他攻擊範圍內的藍光人形，全落入了灰飛煙滅的下場。

目睹此景的瘴難以置信。它清楚地感知到兩股截然不同，又絕對不可能相融的氣息……可偏偏，它們竟是出自那名年輕人身上。

妖氣和神氣……不可能、不可能！

「你到底是什麼東西！」瘴震驚地嘶吼，「妖怪怎麼可能又會是神使!?」

「喔喔，妖怪的慣例一問又出現了！」柯維安看好戲地說，毛筆筆尖快狠準地直戳進敵人的臉，噬光蟲隨著面部的凹陷開始四散。

令人生理上產生不適的一幕讓柯維安打了寒顫，他趕忙往後跳開好幾步，金墨減少的毛筆順勢被塞進敞開的筆電螢幕，再拔出。

重新吸滿墨水的筆尖閃耀發亮，更勝噬光蟲自身的螢光。

一刻坐在柯維安為他畫出的結界內，表面鎮靜，但握緊的拳頭洩露出了急切的心思。

他相信他的同伴，但他同樣也心繫同伴的安危。

他多麼想要親自，保護他們！

快啊、快啊！一刻無聲地對自己催促，渴望體內的毒素盡快淡去。

「我是什麼，輪得到你來說嗎？垃圾。」曲九江吐出輕蔑的話語，俐落地一刀割掉人形的腦袋，踩著敏捷的步伐逼近紅眼怪物。

拖著笨重的蟲軀，瘴的速度卻意外迅速。它連連閃過長刀的劈擊、揮砍、突刺，它的手臂內側面朝上，成排的嘴巴同時噴吐出螢藍色黏液，在半空交織成網狀，眼看就要落到曲九江身上。

曲九江神紋淡去，火焰飛也似地旋繞。還沒將上方的蟲網撕扯成四分五裂，那張大網就被旋刃一舉劈開。

螢藍色黏液四濺，落地前，又被來勢洶洶的金耀墨漬劃上，遭到金色包裹的黏液冒出被焚燒的白煙。

煙氣消散，螢藍也不復存在。

瘴卻在這時猛然往前衝刺，蟲尾揚起利針，迅雷不及掩耳地鎖定了最近的柯維安。

「我靠！」柯維安反射性提筆硬扛。

卻沒想到尾針倏然伸長，只要再一瞬，就會戳進柯維安的眼珠。

而就是這瞬間，黑令出手了。

由銀紫光點匯聚而成的旋刃長驅直入，連肉眼都來不及捕捉到它的速度。

瘴只覺眼角處閃過一抹銀芒，隨即而來的是劇烈的疼痛。

它的尾針連著部分蟲尾被一併削斷了。

「啊啊啊啊啊！」痛楚和怒火交雜一起，讓瘴的血紅複眼爆出噬人的光。它操縱著更多的噬光蟲，瘋狂攻擊著面前可恨可憎的神使與狩妖士。

自帶藍光的蟲子簡直像清除不完，來了一波又一波，甚至多到落進碧綠的水潭裡。

「必須把源頭給滅了……」柯維安殺蟲殺得氣喘吁吁，他本就是眾人中體力最差的一個。他粗重地喘著氣，拚命告訴自己別去在意鞋底的觸感。

他一點也不想知道自己究竟踩爆了多少隻蛆！

「但蟲不滅，我們也很難靠近啊啊啊！」柯維安煩惱得都想大力扯著頭髮。

「我來燒。至於你，想辦法把那隻醜東西送到小白那邊。」曲九江冷不丁說。

「咦？」

「小白快恢復了。」

「什麼？眞的假的？爲什麼是你先注意到啊！」

「所以我才是小白的神使。」

柯維安想磨牙，不要以爲他聽不出曲九江話裡的炫耀意味。

小白的神使了不起啊？他還是小白的第一好麻吉呢！

或許是比較心理影響，柯維安消耗的體力似乎重新受到補充，「黑令，幫我！」

黑令沒有回應，只用行動來證明。

銀紫旋刃和金燦毛筆合作無間，雙雙衝向了紅眼的怪物，凌厲的攻勢逼使它在不知不覺間扭轉了方向。

一刻可以感覺到力量在回復，握緊的拳頭生起了熱度。橘色神紋靜悄悄地改變最初形狀，更多的花紋有若植物枝蔓般朝外伸竄出來，拓展著它們的勢力。

快了，就快了……一刻眼神凜冽銳利。

肆虐的緋紅火焰幾乎要包圍整個山洞，噬光蟲在灼燙的地獄裡被不斷燃燒。

沒了蟲子的攔阻，柯維安和黑令的配合更加靈活。

他們的攻擊時而銳不可當，時而又暴露出好似能讓人擊潰的空隙，引得瘴步步上勾，與一刻所處的結界也越來越近。

等到瘴察覺不對勁時已經來不及了。

那圈閃耀著金光的結界驟然消失，不再須要靠人攙扶才能站起的白髮男孩直起身體，下一秒就像支猝然發射的利箭，一晃眼便逼到瘴的面前。

一刻五指張開，緊緊扣住了瘴的脖子，竟然單憑自身力量，就將面前沉重的怪物掀翻在地。

撞地聲在洞窟中又沉又響。

瘴只覺得眼前視野霍然一黑，疼痛立時從和地面接觸的部分傳往全身，連帶也使得它的憤怒如水滴到沸騰的油鍋裡，炸出一片激烈響動。

瘴雙臂上的嘴巴想嘶吼出它的怒火，可旋即落在上面的劇痛更勝方才。

一隻隻血紅複眼瞪大，歇斯底里的尖叫聲從那些被從中劃開的嘴內噴發出來。

跳離瘴身上的一刻像隻終被放出柙的野獸，眸光鋒利野蠻，手裡持握的是不知何時閃現的白針——同時也是在瘴的兩條手臂上留下無法抹滅傷口的原凶。

怒火和痛楚燃燒了瘴的理智，它的蟲尾猛烈一彈，身子重新直立起來。

然而猝不及防從旁甩來的烈焰之鞭又讓它重重跪下。

奪目的火焰捆住了瘴的下半身，讓它難以再保持平衡。

烈火焚燒中，瘴抬起了頭，然後——

「咬緊牙關啊。」一刻的笑容比任何凶獸還要凶暴猙獰，拳頭乍然握緊，「別給老子哭出來啊！」

被橘色神紋包覆住的拳頭撕裂大氣，劃開流星般的軌跡，挾帶雷霆萬鈞之勢，重重地轟砸至瘴的身上。

瘴的身軀瞬間凹陷再凹陷，直到再也抵擋不住地爆裂開來。

炸出了一個駭人的窟窿。

同時數條裂痕從那個窟窿蔓延開來，切割過瘴的頭顱、雙臂、蟲軀，使它看起來就像禁不起一絲外力壓迫的脆弱瓷器。

下一秒，瘴從頭到蟲尾都破碎了。

大塊大塊碎片瓦解剝落，最後像灘爛泥堆積在地面上，一晃眼又全數消融殆盡。

于苗苗和變得半透明的于初雪倒下。

于苗苗雙眼緊閉，徹底喪失意識；于初雪仍是披著藍紗，然而頭紗長度大幅縮短，上頭的藍光也黯淡許多，噬光蟲搖搖欲墜，像是隨時會掉落下來。

揮出蓄滿力量的一擊後，一刻身子搖晃，一隻手臂及時穩健地撐住他。

「虛就別逞強了。」曲九江毒舌地說。

「靠，你才虛！你全家都……」一刻不想波及到楊百罌和楊青硯，將剩下的句尾吞了回去，改朝曲九江豎起中指。

「小白，再來怎麼辦？」柯維安傷腦筋地看著剝除了瘴，如今呈靈體狀態的于初雪。

他們是神使，除鬼可不是他們的專長。

「我來，讓開一些。」黑令提著旋刃走上前。他壓低身子，明明武器是旋刃，卻讓他做出了有如拔刀的動作。

柯維安被觸動記憶，他記得符芍音曾使出類似的招式。

「怨之鬼、仇之魂，塵歸塵、土歸土——非天，魘落。」

以旋刃爲圓心，黑令身周光芒大熾，更多的銀紫色光點噴薄而出。

「寂。」

光點匯成光浪，凶猛地朝四方奔騰，沖刷過輪廓變得模糊的藍紗女人，將她的身子撕裂成數大塊，淒慘的叫聲像是從她體內擴散出來。

「不小心，用錯了。」黑令看著自己的掌心，「鎮魂，用成滅魂。」

你確定你不是故意的嗎？吐槽來到柯維安嘴邊，又被猛然躍上的另一個問題蓋過去。

「等一下！你怎麼會用這個？這不是小芍音他們家專門的咒術嗎？」

「以前，看過符邵音用，記下了。」黑令平靜地說，「會成功，大概是因爲，我是天才。」

柯維安第一百零一次確定，他、討、厭、天、才！

「不不不，我不想死……我不想……」尙餘一縷殘魂碎片的于初雪呻吟著，使盡全力地想要爬離這個地方，她甚至連一眼都沒有分給昏迷的于苗苗。

「說那什麼蠢話，妳早就死了。」慵懶醇滑的男聲冷不防響起。

下一秒，華艷的金火擊墜在地，旋綻成一朵盛大的火焰之花，毫不留情地將那僅剩丁點的螢藍燃燒殆盡，包括于初雪最後的嚎叫也被完全吞覆……

尾聲

緩緩踏入洞內的青年有著驚人的昳麗美貌，如綢緞的滑順黑髮，金瞳似日光跌入，嘴角挑著懶散不羈的淡笑。

他的到來，剎那間讓這處灰黑的洞穴內增光生色，令人眼前頓時一亮。

「老……老大!?」

「胡十炎!?」

洞內眾人難掩震色，誰也沒想到本應該在繁星市的公會大BOSS會在這出現。

胡十炎拍了拍手，踩過地面的焦痕，「做得非常好，你們解決了珠里鎮的問題，大爺我很滿意。」

「幹!你到底是來這幹嘛?」一刻緊皺眉峰。

「嗯?度假啊。」胡十炎理所當然地說，「珠里鎮的鎮長承諾，只要我們公會能讓藍紗女人消失，不再為他們帶來危險，所有旅遊花費全免。」

「鎮長的承諾……啊啊你是故意讓我們選珠里鎮!你早就知道這裡有問題，所以和珠里鎮先達成了不可告人的交易!」柯維安終於如夢初醒，慢一拍地領悟到這一切都是胡十炎的手筆，他不敢相信地瞪大眼，「老大，所以你根本不是爲了之後的父女旅遊，才特意派我們過來這的！」

「錯，那也是原因之一。不過大爺我想了想，還是親自來體驗一下最好。」

「也就是說，你等麻煩都解決了，才跑過來這裡玩爽爽？幹恁娘啊！」

「這叫有計畫。」胡十炎悠悠哉哉地說。

「畫你老木！你根本是趁機把問題丟給我們去處理吧！」一刻怒目而視。

「你要這樣想，也沒錯。」胡十炎一攤雙手，很坦然地承認了，「反正你們都要出來玩了，那就挑一個能讓我物盡其用的地方吧。」

「老大，你這樣太沒人性了！怎麼能這麼對我們？」柯維安痛心疾首地控訴，「而且你明明說過大人很忙，沒空理我們，怎麼又跑過來了？」

「我又不是人，幹嘛要有人性？再退一萬步說，當人上司的有過人性嗎？」胡十炎漫不經心地微笑，指尖一動，一點金光飛竄進于苗苗額心裡，讓她昏得更沉，「還有，大人的話都別信，這是給你們上一課。」

「噫！好殘酷的職場眞相……」柯維安想要淚流滿面。

黑令一邊拍著柯維安的肩充當安慰，一邊從他的包裡再翻找吃的。

「晚點我會帶你們過去找鎮長，那個人類小丫頭也帶上，要怎麼處理她就是他們人類自己的事。」就算沒有目擊全部過程，但胡十炎也猜得出來，這時間點會昏迷在此地的人類，跟整起事件恐怕脫離不了關係。

「那然後呢？」

「然後我就會住下。本大爺也不挑，就和你們住同一間民宿吧。噢，對了，聽說有人把一間房間給弄得慘不忍睹，只能換房了。既然如此，就順便重新抽籤分組睡吧。至於我的室友……安萬里刪掉，小半妖刪掉，黑家的小鬼也刪掉，腿太長免得我看了想打斷。」

沒被「刪掉」的柯維安和一刻臉色發青。

「唔，就讓本大爺也來好好體會一下什麼叫作團體合宿吧。」胡十炎雲淡風輕地扔下了炸彈。

「不不不，求你挑一下啊老大！像你那麼獨裁的人，根本不用學習團體精神啊啊啊——」

柯維安的慘叫在洞內久久迴盪不止，像是在哀悼他接下來幾天的灰暗未來。

〈月的朦朧路〉完

後記

醉琉璃

恭喜男神和萌萌小蘿莉登上這次「神劇」的封面～

撒花、拉炮、慶祝！

然後維安哭暈在旁邊角落裡哈哈哈（超沒同情心

《神使劇場》來到第三回了，封面是由大小白擔綱，偽兄妹放在一起真的太好看了。

收到封面先花痴了好一陣子，才總算想起自己後記還沒寫（艸）

這幾天和朋友一起到台南玩，結果碰上雨天雨天雨天，因爲一直下雨所以要重覆三次，才能表達我的哀怨。

本來還想說南部應該不會下雨的，坐車剛到時也的確是晴天，還超級熱，但……沒錯，就是有個但是出現了。

但是它下午就開始瘋狂地下雨了嗚嗚嗚，讓我們只好在大雨中賣力行走，腳上像踩著兩隻小船，那種濕答答的感覺眞的是……嚶。

台南行第二天依舊是雨下不停，所以我們就跑到一直只聞其名的奇美博物館去了，那裡眞的大得超乎我的想像，不管是室內室外，都只有一個感想——超大！

強烈推薦去台南玩，不要錯過奇美博物館這一個好地方，裡面的展廳都非常棒，我最喜歡武器廳了，恨不得能把它們通通都記在腦袋裡。在博物館裡很輕易就能花掉好幾個小時，可惜還在下雨，所以沒能在外面好好逛一下。

是說從台南回到台中，換台中開始下雨……爲什麼要這麼對我啊QQ

這次看紙本稿的時候，碰到了一個前所未有的難關，那就是，有貓！朋友的小奶貓暫住幾天，一個月大的貓咪隨時都在暴衝，簡直像有用不完的活力，她最熱衷的事就是……妨礙我們工作XD

小貓直接一屁股坐在我的稿子上，還不斷試圖撕咬它，角角都被咬掉了啊，不給她玩，還會用水汪汪的大眼睛瞅著你，接著換抱住你的手開始咬。

粉絲團有放上小貓咪認眞妨礙我工作的照片，想一睹小美女眞面目可以來粉絲團看～

還有還有，除了預告上「幽聲夜語」懸疑驚悚的新系列即將推出外，今年也會有新的輕小說和你們見面啦！將會是現代人穿越到奇幻世界，並且被迫成爲○○○拚命賺錢的故事。

好久沒寫西方奇幻了，感覺已經開始心癢難耐～希望兩個故事你們都喜歡，愛你們～

Main Cast

Thanks for reading♥

幽聲夜語1

陰山夜遊

誰也不知道說書人啞聲訴說的，竟成這場班遊的未來。
你說，沒有過爐的平安符，怎能保平安……

國家圖書館出版品預行編目資料

神使劇場：月的朦朧路／醉琉璃 著.
——初版. ——台北市：魔豆文化出版：蓋亞文化發行，2019.08
面； 公分.（Fresh；FS170）
ISBN 978-986-97524-2-8（平裝）
863.57 108009500

fresh FS170

神使劇場
月的朦朧路

作　　者　醉琉璃
插　　畫　夜風
封面設計　莊謹銘
主　　編　黃致雲
總 編 輯　沈育如
發 行 人　陳常智
出 版 社　魔豆文化有限公司
發　　行　蓋亞文化有限公司
地址：台北市103承德路二段75巷35號1樓
電話：02-2558-5438　傳眞：02-2558-5439
電子信箱：gaea@gaeabooks.com.tw
投稿信箱：editor@gaeabooks.com.tw
郵撥帳號 19769541　戶名：蓋亞文化有限公司
法律顧問　宇達經貿法律事務所
總 經 銷　聯合發行股份有限公司
地址：新北市新店區寶橋路二三五巷六弄六號二樓
電話：02-2917-8022　傳眞：02-2915-6275
港澳地區　一代匯集
地址：九龍旺角塘尾道64號龍駒企業大廈10樓B&D室
電話：+852-2783-8102　傳眞：+852-2396-0050
初版一刷　2019年8月
定　　價　新台幣 240 元
Published and printed in Taiwan

ISBN 978-986-97524-2-8

魔豆

魔豆